02/20卷

江户川乱步青年侦探全集

诅咒的指纹

【呪いの指紋】

[日]江户川乱步（えどがわ らんぽ）◎著

叶荣鼎◎译

时代文艺出版社

图书在版编目（CIP）数据

江户川乱步青年侦探全集. 02，诅咒的指纹 /（日）江户川乱步著；叶荣鼎译.
—长春：时代文艺出版社，2016.6

ISBN 978-7-5387-5210-6

Ⅰ.①江… Ⅱ.①江… ②叶… Ⅲ.①侦探小说－日本－现代 Ⅳ.①I313.45

中国版本图书馆CIP数据核字（2016）第082662号

出 品 人　陈　琛
产品总监　郭力家
责任编辑　刘瑀婷
　　　　　闫松莹
装帧设计　黄　龙
排版制作　隋淑凤

江户川乱步青年侦探全集 02

诅咒的指纹

[日] 江户川乱步 著　叶荣鼎 译

出版发行 / 时代文艺出版社
地址 / 长春市泰来街1825号　时代文艺出版社　邮编 / 130011
总编办 / 0431-86012927　发行部 / 0431-86012957　北京开发部 / 010-63108163
官方微博 / weibo.com / tlapress　天猫旗舰店 / sdwycbsgf.tmall.com
印刷 / 三河市万龙印装有限公司
开本 / 640mm × 910mm　1 / 16　字数 / 138千字　印张 / 12.75
版次 / 2016年6月第1版　印次 / 2016年6月第1次印刷　定价 / 20.00元

出版说明

江户川乱步本名平井太郎，1894年10月21日生于日本三重县名张市，是日本著名的推理作家、评论家，“本格派”推理的创始人，被誉为“日本侦探推理小说之父”。

1923年，他在《新青年》杂志上发表本格推理处女作《二钱铜币》（收录于全集11卷中）轰动文坛，奠定了日本侦探小说的基础，同时也引领了日本推理小说的创作风潮。

“本格”是日语词，有“正规、正统”之意。所谓“本格推理”是指推理者从谜案中搜寻蛛丝马迹，经过严密的逻辑推理，解开谜案疑点，拨云见日、找出真凶的过程。所以，在“本格推理”的世界中有两个要素不可或缺：一是难解的谜案（如密室杀人），二是逻辑严密的推理。这也是本格推理最大的魅力所在，因为谜案难解，才好奇；因为推理刺激，才痛快！

我们出版的“青年侦探全集”（全20卷），共包含23篇本格推理故事，情节扑朔迷离，悬念强烈，既充满诡谲的气氛，又有着环环相扣的严密推理。案情往往在看似山穷水尽之时峰回路转，出人意料又合情合理，令人拍案叫绝。其主角明智小五郎是江户川乱步成功塑造出的日本第一位名侦探，在日本家喻户晓，被称作“日本的福尔摩斯”。密室杀人案、死亡倒计时牌、钟楼里的秘密、五重塔的诅咒……不同于传统侦探故事中主角的开挂式超能，乱步笔下的大侦探在与凶手的博弈中，有时也会犯错误，甚至在交锋中败下阵来。但也正因如此，才使得明智小五郎的形象更为真实丰满，让金属般棱角分明的推理故事中多了一丝有血有肉的真情感。

该全集内容由著名日本文学翻译家叶荣鼎先生，历时八年翻译而成，不仅再现了一代推理大师的作品原貌，更注入了翻译家对大师的崇敬之情。相较于市面上现有的其他译本，叶荣鼎先生的译文文本规范、文字精当、情节紧凑、故事性强，适合各年龄段的读者阅读和收藏。

此外，还有专门为本套图书绘制的精美插图，穿插在故事中，凸现案件发展的关键节点。诚邀爱好侦探推理的朋友，跟随大师的妙笔一起畅游本格推理的世界。随着侦探与凶手视角的转换，一窥善恶。读罢小说，回归现实，你既不是机关算尽的凶手，也不是明察秋毫的神探，周遭的一切皆毫发无伤，但是你却收获了阅读应有的快乐。

时代文艺出版社

目 录

コンテンツ

助手木岛

东京丸内一带，耸入云霄的高楼大厦不计其数，鳞次栉比。

街上有一片三层楼房的集中区域，清一色的红墙砖，古色古香的造型，仿佛古时流传至今的楼群。每幢楼房，都是出租的事务所。

其中一幢三层楼房门口的右侧，也就是该建筑一楼三室，门上挂有亮如镜面的黄铜招牌，上面写着“宗方研究室”，据说是法医界权威宗方隆一郎租用的侦探事务所。

此时，凑巧有一位青年来到侦探事务所门口。

青年人看上去二十七八岁，外表和普通工薪族差不多，只是让人感到奇怪的是，他走起路来像地上爬的昆虫，跌跌撞撞地迈上事务所门前的台阶。其实台阶不高，按理几步就可迈上去。

只见他面如土色，从额头到鼻尖上挂满了汗珠，那情形似乎是带病拜访宗方侦探的。他呼呼地喘着粗气，费了好大劲儿才迈上台阶，推开虚掩的事务所大门朝里走去。

接着，他又摇摇晃晃地走到左侧房门跟前。顷刻间，整个身体像不小心撞上玻璃门那样，呼地瘫软在室内地上。

这房间是会客室，是宗方博士专门用于接待访客的。会客室的三侧墙面都是顶天立地的书架，摆放着许多专业书籍，是宗方博士学识渊博的象征。

“先生，先生在吗？啊，啊，我难受极了！快……先生……”

青年躺在地上喘着粗气，声嘶力竭地喊叫。

可能是倒地声和吼叫声突然响起的缘故，隔壁实验室的房门被猛地推开，从不大的门缝探出一张男人的脸来。男子年龄在三十岁左右，一身事务员打扮。

“咦，你不是木岛君吗？怎么啦？瞧你那脸色。”

男子赶紧跑到会客室门口，扶起倒在地上直喘粗气的年轻人。

“啊，啊，你是小池君吧……先，先生呢？我要立刻见他……发生大案了……今天夜里……有人要被杀……就是今天夜里，今夜又将发生凶杀案。啊，啊，可怕……我要见先……先生……”

小池的脸色也变了，目不转睛地望着木岛精神错乱的样子。

“第一个是先生的女儿……下一个就轮到我了。我们都……都将遭到杀害……先……先生呢？快……快把这交给他……上面写得很具体很详细，请把这交给先生……”

木岛的手哆哆嗦嗦地在胸前衣袋里摸来摸去，取出装有信纸的厚信封，使出全身力气将它放在桌上摊平，再从同一个衣袋里取出一个正方形小纸袋，小心翼翼地拿在手上。

“先生不在事务所！大约过三十分钟回来。瞧你脸上痛苦不堪的模样，到底出什么事啦？”

“我上那家伙的当了！把毒药吞进了肚子里！啊，我受不了啦！水，水……”

小池跑到隔壁房间，取出化学实验用的玻璃杯，盛满水后快步跑来，扶起木岛，把玻璃杯凑在嘴上让他喝：“木岛君，快打起精神！我通知医生立即过来。”

他左手抓起桌上的电话听筒，右手拨通附近一家医院的电话，请求他们马上派医生上门救治。

“医院说医生马上就到，请你坚持一下！哎，你到底上了谁的当？谁让你服毒啦？”

木岛的眼睛瞪得像翻白眼那样，脸上布满了恐怖的表情。

“是他……三个螺纹……证据在这里……这家伙是杀人魔王！啊，啊，我害怕！我害怕！”

他咬紧牙关痛苦挣扎，示意右手握着的小纸包。

“好，我明白了！这小纸包里有凶手的线索。那，那凶手叫什么名字？”

木岛没有回答小池的提问，眼睛里已经黯然无光。

“喂，木岛君！木岛君！打起精神回答我的问题。那家伙叫什么名字？”

无论怎么摇晃木岛的肩膀，他已经没有任何反应，全身像水母那样软绵绵的。宗方研究室的年轻助手木岛，在侦查过程中不慎喝下凶手投毒的饮料，死得十分悲惨。

大约五分钟后，附近医院的医生赶来了，可木岛的心脏已经停止跳动。

空白信笺

宗方博士回到研究室时，已经是木岛死后大约四十分钟。

博士的年龄有四十五六岁，乌黑光亮的头发像缨子那样卷曲着垂在耳边，鼻尖与上嘴唇之间留有经过特意修饰的小胡子，下巴部位是三角形胡子，又黑又密。

大鹫般的眼睛，似乎能看到你的心底。鼻梁上架着黑色玳瑁镜架的眼镜，反光的玻璃镜片更增添博士目光的锐利。他的身材魁梧而又结实，笔挺的黑色西装和挺胸凸肚大步行走的姿势，给人一种威严感，犹如德国古时候的名医形象。

从医学角度研究犯罪的学问，在学术界被称为法医学。在日本法医学界，宗方博士是数一数二榜上有名的学者。他在丸内开设宗方研究室至今已经多年，专门从事犯罪案件的侦破及其实质性研究。

他与许多私家侦探不同，决不插手警察能侦破的案件。他曾在开设研究室当年，顺利侦破两起被警方打入冷宫的疑难案件，轰动全国，一举成名。

打那以后，他又接连侦破了几起很有社会影响的案件，确立了自己在侦探界的地位。如今能在人们心里称得上大侦探的，除了明智小五郎，便是宗方隆一郎。他与明智小五郎齐名，在日本家喻户晓，人人皆知。

被称为天才侦探的明智小五郎，其做派与天才两个字很不吻合，而且没个准脾气。一遇上感兴趣的大案，不管是美国的委托人还是印度的委托人，他都毫不犹豫地接受委托，千里迢迢地赶赴国外案发现场，故而时常不在侦探事务所。

宗方博士则不同，主要受理东京及其周边地区发生的案件，不受理外地或者来自国外的案件，平日里基本上都待在侦探事务所里。因此，宗方博士在东京居民心目中的可信赖程度越来越高。

最近，一发生疑难案件，就连警视厅的侦查专家也上门拜访宗方研究所，虚心听取宗方博士的高见。

再说说侦探事务所，明智小五郎把它既当工作场所又当生活住房；而宗方博士关于家和事务所的界定很清楚，家安在郊外，事务所设在市中心，每天清晨从郊外赶到在市中心丸内的研究室上班。

还有，他的夫人从不出现在研究室，而是专心于家务；在研究室工作的两个年轻助手，也从不去他家。

宗方博士今天一回到事务所，向助手小池了解到事情的大致经过后，心情很沉重，难过地看着小池脸上沮丧的表情。

“太可惜了！你通知他家人了吗？”他问小池。

“通知了，他家人很快会赶到这里的。我也给警视厅打去电话，中村警长用惊讶的语气对我说马上就到。”

“嗯，中村警长和我事先都没料到川手案件如此棘手。中村警长说可能是玩笑而已，简直乱说一气。根据木岛君被毒死案件推测，凶手绝对不是一般歹徒。”

“木岛君好像被吓得魂飞魄散，死前嘴里不停地叫嚷‘恐怖，恐怖’。”

“是啊，我的判断没错吧？凶手竟然发出犯罪预告，太疯狂了！小池君，你暂且把其他案件放一下。从今天起，全力以赴侦查木岛案件，我俩齐心协力，向凶手讨还血债，为木岛君报仇。”

正在他俩说话的时候，门外传来一阵急匆匆的脚步声。须臾，中村警长推门进来。

中村警长一看见木岛的尸体，急忙摘下大檐帽弯腰致哀，满脸惊讶的表情。他转过脸朝着宗方博士说：“真没想到这么糟糕，太麻痹大意了！让你的助手付出生命的代价，实在是对不起。”

“嗯，木岛君的死，不光你有责任，我也有责任。如果事先估计到对手是杀人不眨眼的，我也许不会让木岛君单独侦查。”

“在电话里听小池君说，木岛君带来了凶手线索。”

中村警长转过脸问小池。

“嗯，是的，他临死前说这信封里写有关于凶手行凶的详细情况。”

小池从桌上拿起信封递给中村警长。

宗方博士抢先接过信封，边打量信封的正面和背面边嘟哝着说：“咦，这不是银座黑蔷薇花咖啡馆的专用信封吗！看来，木岛君是在黑蔷薇花咖啡馆用该店信封和信笺写的。”

信封下端，印有“黑蔷薇花咖啡馆”的名称、邮编、地址和电话。

宗方博士拿剪刀小心剪开信封口，取出一叠信笺仔细阅读起来。

“喂，小池君，你肯定没弄错？你是不是误解他说的意思了？或者说，木岛君倒在地上以后是否有人来过事务所？”

宗方博士一脸奇怪的表情，问小池。

“不可能，我一步也没有离开过事务所，也没人进来过。到底发生什么啦？这信封确实是木岛君从口袋里取出放在桌上的。”

“你们看！”

宗方博士把信笺递到中村警长和助手小池面前，一张一张地翻开给他俩看。不可思议的是，那只是一叠空白信纸而已，一个字也没写。

“奇怪！木岛君不可能把空白信笺装在信封里带回事务所。”

中村警长满脸狐疑。

宗方博士嘴唇紧闭沉默了好一会儿，一把将那叠空白信笺扔入废纸篓，斩钉截铁地说："小池君，你立刻去一趟黑蔷薇花咖啡馆调查！一是木岛君借用该店信笺和信封时跟什么人说过话；二是有没有可疑人物坐在他身边。如果有可疑人物，那家伙也许是凶手，或许至少是凶手的同伙。趁木岛君不注意时，将信封里的调查报告调换成空白信笺。这与投毒的家伙，说不定是同一个人。这些情况，你尽量调查得详细一些。"

"是，我立刻就去。这里好像还有一件木岛君带回来的东西。瞧，他的右手上好像握着重要证据……好，我现在就去咖啡馆调查。"

小池快言快语，说完匆匆走了。

送走小池，宗方博士弯腰仔细观察尸体的手，尸体手中确实握有小纸包，而且握得很紧，似乎是死也不放手的架势。

宗方博士逐个掰开死者的手指，取出小纸包，发现有好几层纸，裹得整整齐齐的。瞧那形状，纸团里裹着的好像是末端系有挂绳的小木板。宗方博士从隔壁实验室拿来一块玻璃，将纸包放在上面，用钳子夹住裸露的挂绳，小心翼翼地解开纸包。

拆解纸包过程中，宗方博士一句话没说。站在一旁的中村警长只是目不转睛地看着，也没说话。只有小刀和钳子不时与玻璃板碰撞，发出叽叽嘎嘎的响声。整个事务所，宛如医院里的手术室一样安静。

"咦！这不是穿鞋用的鞋拔吗？"

中村警长发出惊叫声。这是极其平常的鞋拔，体积很小，象牙色，表层涂有赛璐珞。可是，木岛为什么用那么多纸把它裹起来呢?

当时，也许是木岛的精神极度恐惧。他像珍宝那样带回来的信封里，装的却是一叠空白信笺。他用纸包裹了好几层的，却是普通的鞋拔。鞋拔和信笺，究竟意味着什么?

宗方博士顺手拿起鞋拔，借助自然光线认真观察起来，可窗外已经暮色沉沉，模模糊糊看不清楚。于是他按动墙上的开关，借助灯光查看。

“是指纹吗？”中村警长察觉到宗方博士的用意，问道。

“是的，但是……”

宗方博士好像被鞋拔的表面深深吸引住了，背对着中村警长答道：“鞋拔表面有好些重叠的指纹，看不太清楚。但鞋拔内侧有很清晰的指纹，像大拇指的指纹，真不可思议！中村君，这指纹很特别，我还不曾见过，酷似妖怪的指纹。咦，我是不是眼花了？”

“你说的妖怪的指纹在哪里？”中村警长凑到跟前观察。

“瞧！就在这儿！指纹非常完整，也没有其他指纹重叠，而且竟然有三个螺纹。”

“这么说，是特殊指纹！可这样看还是模模糊糊的。”

“把它放大看！请跟我去那里看！”

宗方博士拿着鞋拔朝隔壁实验室走去，中村警长跟在他的身后。

实验室窗前有一张大化学实验台，上面放有各种大小不一的玻璃器皿和显微镜等实验用具，另外几面墙边摆放着橱架，上面放有许多药物和玻璃瓶。

有一侧墙角那里放有大型照相机、紫外线、红外线和X光等仪器。仪器中间，竖着牢固的三脚架，上面架着黑色幻灯机，用于实物放大观察。

幻灯机，可以放大很细小的东西，不用说，也可放大指纹并将它清晰地映照在银幕上。

这架幻灯机用途很广，宗方博士常引为自豪，不仅可放大观察纸上和板上的指纹，也可放大观察玻璃瓶、门把手、玻璃杯和手枪等实物上的指纹。

中村警长多次来过这里，印象中一直觉得它比警视厅技术鉴定科的房间要小许多，设备也很简陋。可今天的感觉截然不同，实验室里有许多警视厅没有的奇妙仪器。听宗方博士说，是他自己发明的。

他先把鞋拔放在实验台上，随后在指纹部位撒上黑色粉末将它染黑。接着拉上窗帘使实验室里一片漆黑，再接着插上电源，把鞋拔放到幻灯机上调整焦距。

于是，幻灯镜头对面墙的屏幕上，映照出被放大的指纹。不到六厘米的大拇指被放大到边长一米左右，被染黑的纹理一条一条地弯曲着，非常清晰。

宗方博士和中村警长坐在被黑暗笼罩的椅子上，聚精会神地观察屏幕上的指纹，惊讶得半晌没有开口。他俩并不是因为指纹而目瞪口呆，而是仿佛自己被魔鬼紧紧盯住那样，感到莫名的恐惧。

啊，这样的指纹太罕见了！一个指纹里居然有三个螺纹。上面排列着两个一大一小的螺纹，下面横卧着一个椭圆形螺纹。看着，看着，仿佛骷髅脸出现在屏幕上。上边的两个螺纹像骷髅脸的眼窝，下边的螺纹像骷髅的嘴巴。

“中村君，你见过这样的指纹吗？”

黑暗里传来宗方博士低沉的嗓音。

“没见过。应该说，我见识过的指纹不计其数，但像这样纹理的指纹还是头一回见到。像两个螺纹相互重叠的指纹，我见过好几回。但像这种由三个螺纹构成的酷似骷髅脸的指纹，在侦查史上还真是史无前例。我看，应该称它为骷髅指纹吧。”

“嗯，确实是骷髅指纹，既不需要辨别，也不需要想象，一眼看上去就像骷髅。在我们人类世界，有这样奇异指纹的人大概不会有第二个。”

“哎，会不会是伪造的？”

“不会吧。如果是伪造的，不可能这么逼真。像放成这么大的指纹，倘若伪造，一定能看出伪造的痕迹。但这指纹上，没有一点儿不自然的地方。”

坐在黑暗里的两个侦查专家，似乎受到有眼有嘴的骷髅指纹压迫，又沉默不语了。

片刻过后，中村警长说话了：“尽管如此，木岛君是如何把奇异指纹弄到手的？如果说鞋拔是凶手的，应该断定木岛君生前见过凶手，而且鞋拔多半是从凶手手上得到的。”

“嗯，只能这么想。”

“太遗憾了！如果木岛君还活着，也许可以擒获凶手，可他……”

“凶手害怕暴露，先下手为强，不仅对木岛君投毒，还夺走他的书面侦查汇报。可见，凶手考虑得非常周密。中村君，依我看，这可是一个高智商凶手。”

“听小池君说，木岛君平日里一直是无所畏惧的，可这天回到事务所，嘴里竟然连连说‘我怕，我怕’。”

“是的，木岛君生前是天不怕地不怕的年轻人。因此，我们今后一定要谨慎侦查……哎，你已经派人保卫川手别墅了吧？”宗方博士焦急地问道。

“没有，还没那么做。我们至今还没接到川手先生报案。如果是这么回事，我们警方不可能置之不理。”

“请立即派人保卫！木岛君遭如此毒手，说明凶手会立即采取下一步行动，我们要与他抢时间。”

“你说得对！我马上回警视厅部署川手别墅的保卫工作，今晚就派三名警察身着便服去那里。”

“请一定要那样做。我如果能去就好了，可尸体不能扔这儿不管。明天早晨，我去拜访川手先生。”

“那好，我赶紧回警视厅，再见了。”

中村警长说完，三步并作两步匆匆地消失在暮色茫茫的路上。

不知所措

H制糖股份有限公司董事川手庄太郎，于一个月前接到一份没有署名的恐吓信。

川手庄太郎：

请别忘了，我跟你之间有着深仇大恨。为复仇，我进行了长时间的精心准备。目前万事俱备只欠东风，斩草除根的日子就在眼前。

要不了几天，你将带领你的全家离开这个充满阳光的世界。

从那以后，邮递员每天都会送来这样内容的恐吓信，可每封信上的笔迹都不同，而且字迹潦草。根据邮戳分析，都不是从同一个邮局发出的。信封和便笺，都是最普通最便宜的。从而，使得警方难以找到邮寄人的线索。

川手先生不光天天收到恐吓信，还时常接到匿名电话："川手君，好久不见了，听出我声音了吗？嘻嘻嘻……你有两个漂亮的女儿吧？我呢，已经决定先从你的女儿着手，逐步收拾你全家。嘻嘻嘻……"

对方说话声音里带有很重的鼻音，听上去不像丧心病狂的歹徒。也许，歹徒是用手摁着鼻子两翼朝话筒说话。这家伙每说一句便嘻嘻嘻地笑。每每听到恐怖的笑声，川手先生便不寒而栗，似乎心也在颤抖。

不用说，川手先生不知道是谁打来的电话，向电话局打听，回答说对方是用公用电话打的，无法查询对方是谁。

川手先生今年四十七岁，正是年富力强的时候。他从身无分文，经过长期拼搏逐渐积累了今天的万贯财产。正因如此，在事业发展过程中与许多对手交过锋。要在如此众多的对手中间找到打恐吓电话的家伙，犹如大海里捞针。

"能是哪个家伙？"

被他视为可能的对手不止一两个，可他们早都不在人世间，这些人活着的时候膝下并无子女。

无论怎么回忆，他依然回忆不出恐吓自己的歹徒究竟是谁。然而，越想不出，心里越觉得害怕，仿佛幽灵死死地缠着自己，他不知如何是好。

川手先生实在忍耐不住了，不得不向警视厅报案，而警视厅让他去地方警署反映情况，把他的报案当耳边风。

为此，他打算委托私家侦探，川手庄太郎首先想到了明智小五郎，于是登门拜访了他的侦探事务所。不凑巧，明智小五郎由于受理了国际案件，早已去了美国，最近一段时间回不来。无奈之下，他只得打电话到宗方研究室，委托如今与明智小五郎名气相当的大侦探宗方博士。

宗方博士立刻派出助手木岛赶赴现场，了解川手别墅的情况，听完川手先生关于恐吓信和恐吓电话的详细介绍后返回了事务所。

从那以后，至今过去了十多天。

昨天晚上，警视厅的中村警长突然出现在川手别墅。

当听说宗方侦探事务所的侦探助手木岛遇害的消息时，川手先生瞬间脸色苍白，浑身直打哆嗦。

那天晚上，三名便衣刑事侦查警官在黑夜笼罩的别墅周围警戒和布控。然而，警视厅的这番好意却迟了一步。

川手先生的二女儿叫川手雪子，是初中二年级的学生，这天傍晚放学后去了同学家。可晚上十点过后仍不见她回家，全家人着急起来。时钟相继敲响十一点、十二点，直到凌晨，还是没见她回家。

川手先生心急如焚，打电话到女儿同学家和亲戚家打听，还派用人挨家挨户去朋友家询问，当问到女儿雪子放学后去的那个同学家时，回答说雪子是八点左右离开他家的。那以后川手雪子究竟怎么了，没一个人说得上来。

令人焦躁不安的一夜过去了。早晨，亲戚和朋友们知道这个情况后相继赶到坐落在麻布高台的川手别墅。宽敞的别墅里，挤满了人。

别墅的大客厅里，中村警长和宗方博士与主人川手庄太郎正在紧急商量对策。他们是在接到川手先生关于女儿失踪的报警后，火速赶到的。

川手庄太郎的嘴唇和鼻子之间留着小胡子，黑黑的眉毛下是一对大眼睛。他腰肥体壮，大腹便便，从外表一看就是大企业的领导者，一副绅士派头。

川手夫人大约于一年前去世，川手先生便与两个女儿一起生活，见心爱的女儿们越长越漂亮，从心底里感到高兴。可现在，二女儿失踪，也许是被歹徒绑架，川手庄太郎急得犹如热锅上的蚂蚁，坐立不安。这一夜，愁得他似乎老了十岁。

川手庄太郎还是第一次见到宗方博士。

“据说，歹徒的大拇指上有骷髅指纹？”川手庄太郎问道。

宗方博士用力点点头。

“是的，是骷髅指纹，两个螺纹在上面，　个螺纹在下面，像倒过来的三角形。我希望你回忆，你认识有这种指纹的朋友或熟人吗？”

川手庄太郎摇摇头说：“我根本没有那样的熟人或朋友。再说朋友之间再友好，也不可能观察别人的指纹。”

“嗯，不过，根据这种复仇形式，对方与你之间肯定有深仇大恨。就这一点来说，你应该能回忆出对方是谁。”

宗方博士的脸色略泛白，盯着川手庄太郎说。

“嗯，我不能说这世上绝对没人恨我，可他们不至于发展到向我复仇的地步。”

“川手先生，说到恨，多半是被恨的人想不起来，而恨的人却在恨的程度上非常强烈。”

“也许是你说的那样。不愧是干侦探这一行的，对罪犯心理有着如此深奥的研究。可无论怎么回忆，还是觉得我没有那样的仇人。”

显然，川手庄太郎很不满意宗方博士的这番话，不客气地说。

中村警长在一旁调和道：“你如果回忆不出像那样的仇人，但目前可以称得上线索的就一条。昨晚，我让技术警官通宵达旦地查阅了警视厅的指纹档案。警视厅从事指纹鉴别十五年的主任警官跟我说，他不曾听过也不曾见过骷髅指纹。也许，指纹档案里会有那样的奇异指纹。”

“看来，多半是有特殊指纹的怪物。”

宗方博士意味深长地嘟哝着，声音很轻。

龙宫公主

川手庄太郎听宗方博士这么一说，瞪大两眼战战兢兢地打量起周围来。

“中村警长，宗方博士，请你们一定要设法找到我的女儿，不管出多少钱我都愿意，就是加悬赏金也行。另外，对于发现罪犯并且送还我女儿的人，我愿奖励他一百万日元。无论是警官还是普通市民，只要能让我女儿安全回家的，我立刻兑现承诺的奖金。我希望尽快看到女儿，越快越好！”

川手庄太郎说着说着，渐渐亢奋起来，似乎疯了。

“原来你是这么想的。嗯，虽说悬赏不能说不是个好主意，可朝坏的方面想，现在实施这办法也许迟了……从刚才进入房间时到现在，我就一直觉得窗台那里的地上好像有封信……”宗方博士话还没有说完，视线便投向窗台前的地上，自言自语地说。

刹那间，房间里好像响起让人顿感紧张的响声。中村警长和川手庄太郎大吃一惊，不由得朝那里望去，果然有一封信。

川手庄太郎一眼瞥见躺在那里的信，脸色骤变，说道：“咦，奇怪呀？在你俩来访前根本就没发现信！”

他一边说一边站起来径直走到窗边，提心吊胆地弯下腰拾起信。随后，他立即按响呼唤铃叫来女用人。

“今天早晨是你打扫卫生的吧？你见过窗台前的地上有这信吗？”川手庄太郎询问女用人。

“没有啊！我打扫得十分仔细，没见过这地上有信。”

“肯定吗？”

“是的，我说的没半句假话……”年轻的女用人斩钉截铁地答道。

“一定是什么人从窗外扔进来的！”中村警长说。

“不，不可能。窗户是关闭的，窗内侧还上了插销，压根儿就没有可以插入信封的间隙。窗外是院子，只有家人才能在那里经过。”川手庄太郎担心地说。

“至于信是怎么进入房间的，可以暂时放一下，我们还是先调查一下别墅里的情况吧！”宗方博士显得很冷静。

“请调查吧！”川手庄太郎没勇气拆开信封，将信递给宗方博士。

宗方博士接过信后小心翼翼地拆开封口取出信笺摊开。

“咦，这是什么意思？”

只见信笺上就写了三个字：菊偶人。

没想到堂堂的大侦探宗方博士，好像也理解不了这三个字的意思，歪着脑袋沉思。

“嗯，这跟平时寄来的信封是一样的，信笺也一样，肯定是那个歹徒寄来的。”川手庄太郎说话时声音颤抖。

“你是说歹徒寄来的？”中村警长嚷道。

“中村君，走吧！我们现在就去那里。”

宗方博士好像想到了什么，一把拽住中村警长的胳膊焦急地站起来。

“你说走？去哪里？”

“不是已经清楚了吗？就是去菊偶人那里。”

“哎，菊偶人？在哪里呀？”

“在浅草的M百货大楼里！Y报社正在那儿举办菊偶人展示会。”

中村警长一开始也没弄清楚到底是怎么回事，听着听着总算明白了宗方博士要去的地方。大侦探也许把川手雪子的处境想得更可怕。

想到这里，中村警长不由得发起愣来。可眼下不是磨磨蹭蹭的时候，便和宗方博士一起乘上停在门口的警车，命令司机将车开到位于浅草的M百货大楼。

川手庄太郎丝毫不清楚他俩去浅草是什么意思，只是茫然地送他俩到门口直到目送车尾消失。女儿雪子的下落不明和菊偶人之间难道有什么关系？他思来想去，还是没弄明白，焦急得坐立不安。

宗方博士和中村警长乘坐的警车，不一会儿停在浅草M百货大楼门口。中村警长找到百货大楼的接待主任，向他说明来意。果然，百货大楼的五楼和六楼在举办菊偶人展示会。在接待主任的陪同下，他俩迅速朝展示会场走去。

菊偶人是某马戏团的传统节目，每年每逢菊花盛开时演出展示。有电影，有戏剧，有故事里的场景，都被装饰得多姿多彩。根据人们熟悉的演员制作偶人，用菊花给它们编织衣裳，同时设置各种机关。

由于时间还早，百货大楼没开门，展示会场里没有一个观众。暗淡的光线使得整个会场像沉浸在水底那样，静悄悄的。

宗方博士和中村警长从入口开始逐一观察菊偶人。首先进入他俩眼帘的，是牛若丸和弁庆在五条桥上打斗的场景；其次是宫本武藏和佐佐木小次郎的比赛场景；接着是海木鲁和库雷太鲁在森林点心铺迷失方向的场景；再接着是花爷爷和桃太郎那样的日本古代传说中的人物……

中村警长接连不断地观赏着一个个栩栩如生的人物和场景，不知不觉竟忘了来这里寻找川手雪子的使命，仿佛回到了自己的孩提时代。可身旁的宗方博士没为这种眼花缭乱、鲜花朵朵的场景动心，聚精会神地仔细观察不断出现在眼前一个又一个的菊偶人。

“这个不像。”

宗方博士每看完一个菊偶人，嘴里便嘀咕一句，再把目光移向下一个菊偶人。看完五楼展示的菊偶人后，接着去六楼展示会场查看。

当看到最后几个菊偶人时，出现了浦岛太郎在海底寻找龙宫的场景。这好像是展示会上最吸引观众的场景，场景内设有特别机关。

乘坐在乌龟背上的浦岛太郎，犹如浮在空中表演杂技。深处是龙宫，龙宫公主带领许多宫娥迎接浦岛太郎。整个场景仿佛沐浴着海底的淡绿色光线，还挂满了一条条耀眼的玻璃纸带。

“啊，美极了！”中村警长禁不住脱口称赞。

宗方博士来到这里瞪大眼睛，紧盯着这一场景，整个身体宛如被大磁铁吸住的铁钉，一动不动的。

片刻，他像吼叫般地叹了一口气。

“中村君，瞧！这菊偶人多逼真！”

“什么？你说的是哪一个？”

“就是那个龙宫公主！瞧脸庞长得多么可爱，怎么看也不像菊偶人，而是像真人。你不这么认为吗？”

“嗯，被你这么一说，确实像你说的那样。是啊，一点儿都不像偶人，给人一种身体里流动着鲜血的感觉。嗨，制作工艺太精湛了！制作这偶人的，一定是小有名气的工艺大师吧？”

中村警长佩服不已，突然又像明白什么似的，脸色骤变，转过脸来望着宗方博士。宗方博士不声不响地点点头。

“是的，我觉得不可思议，需要深入调查这个菊偶人！”

宗方博士翻越过隔离栏，径直朝场景中央走去，警长和接待主任也跟着朝那里走去。

宗方博士来到龙宫公主菊偶人身边，眼睛盯着她的脸庞。

“喂，你摸一下她的手。”他朝接待主任说。接待主任

提心吊胆地将手伸到龙宫公主菊偶人跟前，迅速地摸了一下她的手。

“啊！”接待主任吓得大叫一声。

龙宫公主菊偶人的手软绵绵的，但却冷得像冰块。

墨镜男子

三个人半晌没有说话，呆若木鸡地你看看我，我看看你。

中村警长和宗方博士虽不曾见过川手雪子，对她的脸没有什么印象。但龙宫公主菊偶人确信是凶手采用人的尸体制作的，而死者多半是警方正在搜寻的川手雪子。

“凶手的所作所为令人发指！我在警视厅这么多年，还是头一回见到凶手采用如此残忍的手段，简直是丧心病狂的疯子。”

中村警长重重叹了一口气，喃喃自语道。

“我不同意你的说法。与其说凶手是疯子，倒不如说他是高智商更为确切。试想，这样离奇的复仇手法，正说明凶手不是一般的人。”

宗方博士的这番话，好像是赞扬凶手，又好像是说，只有与这样高智商凶手较量，才能显示他非凡的侦探才能。只见他精神抖擞，瞪大的双眼仿佛正盯着躲在暗中的对手，两道锐利的目光似乎在发誓，凶手啊凶手，我宗方博士一定要抓住你。

“宗方博士，这具尸体肯定是川手雪子。但为了慎重起见，最好还是请川手庄太郎辨认一下。我打电话喊他来这里。”

中村警长说完，问身边的接待主任电话在哪里。

“还有一件重要的事情，那就是要弄清楚提供龙宫公主菊偶人作品的人是谁，住在哪里，随后赶紧派人去他的住所。”

宗方博士在一旁提醒，中村警长连连点头。

“好，就这么办！我去通知部下，让他们立刻调查。”

中村警长说着打电话去了。

展示会场立刻被警方用警戒线围了起来，禁止观众进入。

不一会儿，脸色苍白的川手庄太郎坐着自备车匆匆赶到百货大楼门口，上气不接下气地来到展示会场。紧接着，警视厅侦查科和技术鉴定科的警官们相继赶来，那些嗅觉灵敏的新闻记者也蜂拥而至。

川手庄太郎看了一眼尸体，伤心地眨巴着眼睛说，龙宫公主菊偶人就是他的女儿川手雪子。

根据技术警官对尸体的检查结果，川手雪子是八九个小时前被毒死的。但除此之外，没有从尸体上找到任何新的线索。

就在警官们忙于调查的时候，宗方博士接到在门口守卫的警官送来的名片。他朝名片看了一眼，立即朝身旁的中村警长耳语道：“我的助手小池君来了，是汇报关于黑蔷薇花咖啡馆的调查情况，要求马上见到我。他特地赶来这里找我，可能找到新的线索了。我去听听他的调查报告，你同我一起去好吗？”

“哦，好呀！”

“他也许已经弄清楚调包的人是谁了。”

“那太重要了！走，一起去！”

他俩赶紧走到入口，见小池铁青着脸站在那里。

“先生，又发生大案了？我打电话去川手别墅，回答说先生在这里，所以……”

“嗯，我是突然来这里的，没工夫往事务所打电话……快说情况！”

小池猛地压低嗓音：“凶手的模样弄清楚了。”

“啊，这么快就弄清楚了？那，长的什么模样？”

“昨晚去黑蔷薇花咖啡馆时，店里坐满了客人，因此没能详细了解情况。今天我又去了一次，在那里见到平日里与木岛君很要好并且也是侦探迷的服务员。他说，那天的情况他记得非常清楚。

“他说木岛君是下午三点左右去咖啡馆的，问吧台要了信封和信笺坐在桌上不停地写着什么，写完后长长松了口气，随后问他要了一杯咖啡，又坐了二十分钟后连招呼也没跟他打就走了。”

“当时，木岛君边上有没有可疑的人？”

“有！服务员记得很清楚，描述了那男子的模样。那男子看上去有二十五六岁，矮矮的个头，白净的脸上戴一副墨镜，没长胡子，下巴光溜溜的，身着黑色西装。在咖啡馆的那段时间里，那家伙脑袋上那顶压住眉毛的鸭舌帽不曾摘下过。这墨镜男子是在木岛君写完信后坐到他旁边座位上的，似乎与木岛君非常熟悉，主动找他聊天。看来，墨镜男子是趁木岛君不注意时在咖啡里投了毒。”

“嗯，可能性很大。可光凭服务员说，还不能完全相信……”

“不，不光服务员这么说，我还带来了物证。”

“什么？你是说物证？”

宗方博士和中村警长不约而同地朝前探出身体，眼睛看着小池的脸。

“是的，瞧！这根拐杖。”

助手小池边说边将拐杖递到他俩跟前。拐杖手握的部位，裹着厚厚一层纸。

“那上面是指纹？”

“是的。为不让指纹消失，我小心翼翼地用纸把它裹着带来了。”

取下厚纸，出现了银色的手握部位。

“就是这里，请仔细查看。”

小池一边观察手握部位内侧，一边从口袋里取出放大镜递给宗方博士。宗方博士接过放大镜仔细观察指纹，中村警长站在一旁没吱声。

“哦，哦，又是骷髅指纹！”

木岛带回来的鞋拔上的指纹，和这回小池带回来的拐杖上的指纹居然完全相同。两个螺纹在上，一个椭圆形螺纹在下，那模样犹如魔鬼的笑脸。

“这拐杖是在哪里弄到的？”

“那个墨镜男子把它忘在咖啡馆了。”

“墨镜男子常去黑蔷薇花咖啡馆吗？”

“不，店里人说墨镜男子是第一次去。木岛君一离开，墨镜男子坐了一会儿也走了。可到了第二天早晨，也不见失主墨镜男子来咖啡馆取回拐杖。看来，墨镜男子是不会去咖啡馆取拐杖了。”

“嗯，这么说，凶手是身材矮小并且戴墨镜的男子！这个丧心病狂的复仇狂，手上一定有骷髅指纹！”

“我急着赶来这里，是为了向先生汇报和请先生调查这根拐杖。既然情况已经清楚，必须想方设法调查墨镜家伙的下落，直到弄清贼窝所在地。先生，对不起，我告辞了。”

“好，去调查吧，千万别大意哟！”

宗方博士叮嘱道，小池急匆匆地离开M百货大楼。

须臾，展示会场里的搜查结束了，警官们纷纷返回警视厅。宗方博士将拐杖带回研究室，放在幻灯机上放大后仔细观察。其实，这是极其普通并且非常便宜的拐杖，既没什么特别的地方也没从上边找到其他什么线索。

制作龙宫公主菊偶人的工艺师，受到中村警长的严厉盘问。偶人工艺师只说自己制作了龙宫公主菊偶人后，就将其交给了运输公司送到菊偶人展示会场，其他情况一概不知。中村警长由于没有掌握到足以证明工艺师作案的证据，不能随意视其为犯罪嫌疑人。

中村警长讯问了运送龙宫公主菊偶人到M百货大楼的运输公司，也没有找到证明运输公司作案的确凿证据。于是，调查不得不搁浅。

根据百货大楼展示会管理人员的回忆，有三个人将龙宫公主菊偶人搬入展示会场并且布置的。他们相貌差不多，身上都是脏兮兮的，其中负责人模样的男子，左眼好像患病，敷有正方形纱布。要说线索，就只有这一个而已。

无疑，歹徒们在搬运菊偶人的途中将菊偶人用川手雪子的尸体调了包。

川手妙子

失去女儿的川手庄太郎沉浸在无限悲痛中，决定四天后为川手雪子举行葬礼。这段时间里，川手庄太郎瘦了一圈，头发也已花白。

葬礼那天，装有川手雪子遗体的黑色殡仪车停在川手别墅门口。

玄关前面挤满了身着昼间礼服和日本式礼服以及裤裙的人，人群里夹杂着宗方博士和助手小池。

自那天匆匆离开M百货大楼后，小池对黑蔷薇花咖啡馆出现的墨镜男子进行了调查，至今还没什么进展。

宗方博士在一大群吊唁的人中间没有熟人，孤零零地伫立在殡仪车尾部漫不经心地望着车门。少顷，他好像发现了什么，脸上肌肉变得僵硬起来。

他径直靠近殡仪车，脸凑到车门跟前观察黑色的车漆。

“小池君，这车漆表面有很清晰的指纹！瞧，就是这儿，你过来看看！”

宗方博士轻声对身旁的助手小池说。小池赶紧瞪大眼睛注视那里，顷刻间脸色变了。

“先生，这上面好像有那个骷髅指纹。”

“我也是越看越像，再进一步调查！”

宗方博士说着，从昼间礼服的内口袋里取出经常带在身上的侦探道具袋，从中取出小型放大镜，放在车门上观察。

亮如镜面的黑色车漆表层上，被放大五倍左右的指纹出现在他俩眼前。

“果然不出先生所料，与小鞋拔上面的指纹完全相同！”小池不由得大声惊叫。

啊，竟然又是骷髅指纹！复仇狂始终形影不离地跟着川手庄太郎。

“那家伙多半混在吊唁的人群中间，我感觉凶手就在周围。”

小池紧张地环视四周的人群，铁青着脸轻轻地说：“先生，也许像你预料的那样。可凶手即便混迹在其中，就我们的识别能力是无法辨认出他的。在这种场合，那家伙绝不会戴那副醒目的墨镜吧？还有，这指纹是殡仪车来这里之前被按上的。如果这样，调查很难有进展。例如遇上红灯停车时，那些骑自行车的青年不是常用手摸身边停着的车辆吗？如果指纹是这样按在车门上的，车上的人不知道也是很自然的。”

“嗯，这倒也是。可那家伙为什么要把指纹按在车门上？难道要盗窃车上的尸体？”

“那怎么可能！我们不是在这里布控吗？其实，根本不是这么回事。凶手的目的，只是找我们挑战。凶手一定估计到我们会把注意力集中在殡仪车上，为吸引我们而故意把指纹按在车门上，多半是一个喜欢显示自己反侦查才能的家伙吧。”

宗方博士听后若无其事地笑了。

凶手的这一用意后来得到证实，远比他俩判断的要险恶得多，之后凶手还制造了更恶劣的事件。最令人毛骨悚然的是，那天下午举行告别仪式时发生的事情。

告别仪式，是在筑地的大寺院里举行的。川手庄太郎是企业界的知名人士，因此出席告别式的人多得不计其数。在灵前烧香的人排成长队，预定的一个小时里根本无法结束。尤其吸引烧香人注意的是与川手庄太郎并肩站着的川手妙子，她是川手庄太郎的大女儿。

川手妙子比妹妹川手雪子大两岁，正在上大学一年级，是川手庄太郎目前身边唯一的孩子，她与川手雪子长得十分相似。川手妙子此刻身着黑色礼服，用手帕捂住眼睛，伤心得眼看就要昏倒在地上。

烧香终于结束，人们陆续离开大寺院，院内院外响起了一片相互打招呼的嘈杂声。这时，川手妙子也朝人群走去。

也许是过于悲痛的缘故，她步履蹒跚地走着，突然摔倒在地上。大家以为她犯了贫血症，急忙上前扶起她。川手妙子被前来吊唁的女亲戚抱起，送上轿车回到别墅。

回到川手别墅，川手妙子说她想独自一人静静地在房间里待一会儿，于是回到自己的卧室。当经过梳妆镜时，她侧过脸瞟了一眼自己在镜子里的模样，发现右脸上有黑色的脏东西。

“咦，我怎么啦？难道我是用这样的脸向那么多亲戚朋友行礼的？”

她走到大梳妆镜跟前仔细端详一番，发现脸上不光是脏，好像还有人的指纹。指纹好像是用黑色油墨印在脸上的，细细的纹理非常清晰。

“啊，奇怪，指纹怎么会如此清楚。”

她细细观察起指纹来，猛然间面如土色。

“哇！”她大声惊叫，瘫软在旁边床上。

经过仔细辨别，那是上面两个螺纹下面一个螺纹的骷髅指纹。可恶的复仇狂，居然把骷髅指纹按在川手妙子的脸上。

“怎么啦？”

“出什么事啦？出什么事啦？”

听到川手妙子在房间里的喊叫声，人们蜂拥而入，可她已经倒在床上昏厥过去。人们看到她脸上印有清晰的骷髅指纹时，个个吓得瑟瑟发抖。

可复仇狂制造的恶作剧并没就此结束。也正是在这时候，川手庄太郎与亲戚们在客厅里交谈，打算掏口袋里的进口烟招待大家，没想到手插入礼服内口袋掏出的，却是一封根本就没印象的信件。

“咦，这是怎么回事？”

他对掏出的信做了一番辨认，察觉是一个曾经见到过的廉价信封，信封表面什么也没写。

川手庄太郎只是微微朝它瞥了一眼，便面如土色，但信封里好像有信纸，事到如今也只好硬着头皮看看信上到底写的是什么内容。

他下定决心似地拆开信封，里面果然是曾经见过的便笺，上面的铅笔字故意写得十分潦草。是那个家伙！那家伙仍在纠缠自己！

信的内容如下：

川手庄太郎先生：

怎么样？你该知道复仇者有无孔不入的本领吧？实话告诉你吧，真正的好戏还在后头呢！现在仅仅是开场的第一幕！至于第二幕，我已经准备就绪。第二幕的主角轮到你大女儿川手妙子，时间我已经确定，就是这个月的十四日夜晚。这天晚上，你的大女儿将和死去的小女儿同样下场。

为此，我布置的场景规模将更大、更壮观、更丰富多彩，你就在家里数着日子等待这一天吧！

第二幕结束后，接着便是第三幕。

第三幕的主角轮到谁？当然是你喽！

复仇者

于是，川手别墅上下议论纷纷，乱哄哄的。

川手妙子在大家的照料下没过多久恢复了知觉，由于过分紧张发了高烧，不得不打电话喊来医生诊治。

接到川手庄太郎的电话，宗方博士赶来了，警视厅的中村警长也赶来了。三个人又聚在一起商量对策。

无疑，复仇者混在告别仪式上烧香的人群里，不但在川手妙子脸上按上骷髅指纹，更有甚者还在川手庄太郎的内口袋里放入恐吓信。复仇者所为，可谓神不知鬼不觉。

能在川手妙子脸上将指纹按得如此清晰，不管怎么说，复仇者的犯罪技能非同小可。当告别仪式结束，川手妙子倒地时，复仇者就在旁边，趁混乱之际将骷髅指纹按在川手妙子脸上。可据大家回忆，当时站在川手妙子身边的都是亲朋好友。

中村警长决定对这些人进行排查，要求川手庄太郎提供这些亲朋好友的名单，随后吩咐部下按照名单上列出的人员进行讯问，并逐个让他们按上自己的指纹。

不用说，川手庄太郎和用人们也没有漏掉，就连当时在场的宗方博士和助手小池也在调查簿上按上了自己的指纹。可经过鉴别，没一个是骷髅指纹。

“这家伙不是幽灵就是烟雾，简直像变化无常的妖魔！”

宗方博士自言自语。

密室绑架

再过几天，便是复仇者预告的第二幕的日子，即十四日。

川手别墅被恐怖的气氛笼罩着。

从脸上被按上骷髅指纹那天开始，川手妙子就一直躺在床上，无论白天还是晚上都处在极度恐惧之中。川手庄太郎也不外出，守在女儿妙子身边。

十四日那天终于来临，根据川手庄太郎的要求，别墅内外处在高度戒备之中。警视厅派来六名便衣刑事侦查警官，保卫正门和后门以及在围墙外面巡逻。川手妙子卧室的外面，由宗方博士及其助手小池通宵保卫。

川手妙子的卧室是别墅最里面的房间，除两扇窗朝着院子外，出入口只有一个，是朝着走廊的。宗方博士坐在门外走廊的椅子上，助手小池则坐在院子里监视两扇窗，以防止歹徒爬窗袭击川手妙子。

大家早早吃完晚饭，赶紧各就各位，履行保卫职责。即便安排了这样严密的守卫，川手庄太郎还是放心不下，不时地在女儿卧室里进进出出。每次经过走廊时，总是主动与宗方博士说话。

“不会出事吧？”

“你绝对不用担心！妙子小姐的周围有两道警戒线，可以说是固若金汤。别墅周围有六名警官，他们武艺高强，都持有武器。复仇者要想骗过他们的眼睛进入别墅，比登天还难。

“退一步说，即便复仇者越过警方防线进入别墅，还有我和小池君组成的第二道防线，一个坐在走廊上守卫门口，一个坐在院子里守卫窗口，再说窗内有插销。过一会儿，我打算把这门锁上。”

“可是，如果有暗道什么的……”川手庄太郎还是疑神疑鬼的。

“那，那不可能。刚才我和小池君将妙子小姐卧室里所有角落全都仔细查了一遍。墙面、天花板和地板上，丝毫没有可疑的迹象。这不是你自己建造的别墅吗？怎么可能有通向外面的暗道呢！”

“哦，宗方博士，你连这也调查过了？这么看来，是不会有漏洞了。是啊，听你说的，我总算踏实了许多。可今天晚上，我总觉得自己无论如何也不能离开女儿身边半步，我打算在女儿卧室的沙发上过夜。”

“那倒是一个好主意！房间外有我和小池君把守，房间里有你亲自把守。像这样的话，你女儿周围不就有三道防线了吗？尤其你在女儿妙子的卧室里，我们的信心就更足了。”

川手庄太郎走进女儿房间，躺在卧室外间的长沙发上。

他打开房门，与门外走廊上的宗方博士交谈了一会儿，渐渐地不说话了，躺在沙发上打起呼噜来。于是，宗方博士拿出事先备好的钥匙将门反锁。

夜越来越深，别墅也似乎进入梦乡，鸦雀无声。宗方博士嘴里抽着烟，身体靠在椅子靠背上，眼睛格外有神，高度警惕地注意着走廊的动静。

院子里，助手小池也在抽烟，他时而坐在椅子上，时而从椅子上站起，走到窗前来回查看，企图赶走让眼皮拼命打架的睡意。

十二点……一点……两点……三点。

漫长的夜更深了，拂晓也随之快要降临。

清晨五点，当天空出现微微发白的晨曦时，宗方博士腾地从椅子上站起来伸了个懒腰。

终于迎来了早晨，一切平安无事，如此严密的三道防线，确实像铜墙铁壁。复仇者果然不敢轻举妄动，或许放弃实施第二幕，或许不得不延期第二幕的实施时间。

宗方博士走到门前，敲着门喊川手庄太郎：

“哎，川手先生，天已经大亮了，房间里没发现复仇者吧？”

房间里没有回音，川手庄太郎好像还在睡大觉。

宗方博士又敲了几下房门，这回力量稍稍大了一点儿。

“川手先生，川手先生！”

可房间里仍没有回答。

“奇怪！”宗方博士自言自语，迅速掏出钥匙打开锁推门进入房间。

“咦，这是怎么回事？”

只见川手庄太郎躺在沙发上，身上被绳索捆了一道又一道，并且被固定在沙发上，嘴被蒙上大毛巾，既不能动弹也出不了声。

宗方博士见状赶紧跑过去，取下蒙在他嘴上的大毛巾，使劲儿摇晃川手庄太郎的肩膀，大声喊道：“川，川手先生，怎，怎么啦？你什么时候被弄成这样的？小姐呢？”

川手庄太郎绝望得连说话的力气也没了，只是用眼神示意女儿卧室。

宗方博士顺着他示意的眼神，只见卧室房门敞开，便急忙大步上前朝里张望。奇怪！床上是空的，川手妙子不见了。

他急忙闯进卧室大喊道：“小姐，妙子小姐！”

没有人回答，卧室里空荡荡的。宗方博士铁青着脸返回外面房间，迅速解开川手庄太郎身上的绳索，问道：“这，这到底是怎么回事？”

“我一点儿也不清楚。我和你交谈没多久，便昏昏沉沉地睡着了。不一会儿，突然觉得呼吸困难起来，好像是麻醉剂钻入我的体内。只觉得嘴巴和鼻子被什么软绵绵的东西蒙住了，刹那间不省人事。妙子呢？她遭绑架了吗？”

“哦，实在对不起，可走廊上没发生异常情况呀！看来，复仇者可能是翻窗进入卧室的。”

宗方博士走到窗前呼地打开窗帘，卸下插销，推开窗边打量院子边喊：

“小池君，小池君。”

“先生，早上好！”

怎么回事？小池不是在院子里守卫窗口吗？院子里，似乎也没发现什么可疑情况。瞧！宗方博士一喊他，小池立刻精神抖擞地回答。

“你没睡？”

“是的，怎么能睡呢？”

“那，你没看见什么？”

“你说看见什么？”

“你这个糊涂虫！妙子小姐被绑架了。”

其实，不应该数落小池，他并没有什么过错。能证明他没看见复仇者的，是那两扇内侧上有插销的玻璃窗。那上面，根本没有窗户被打开过的迹象。

这么看来，复仇者到底从哪里进来又从哪里出去的呢？室内究竟有没有暗道？宗方博士带着助手小池在房间里展开地毯式的搜查，根本就没有发现暗道，而且，门是外侧上的锁，窗是内侧上的插销。

倘若复仇者不是幽灵，复仇者不可能神不知鬼不觉地蹿入密室，不可能从密室逃之夭夭。

可是，幽灵真能让人嗅麻醉剂和将人五花大绑吗？即便幽灵能从一两厘米的间隙钻入房间，也不可能把川手妙子从那么狭小的间隙里带走！因为，川手妙子不是幽灵。

面对川手妙子被绑架一案，没想到大侦探宗方博士居然也茫然不知所措。但他说，无论如何要解开复仇者制造的密室绑架之谜。

他似乎急中生智想出了什么好方法，让女用人打开玄关门，发疯似的朝门外狂奔。不用说，他是想找守卫在别墅周围的六名警官打听昨晚的情况。可结果，六名刑事侦查警官回答说没见到任何人翻越门窗进入别墅。

究竟该如何解开密室之谜？

宗方博士晕头转向，像丈二和尚摸不着头脑。

秘密空间

“奇怪，实在奇怪！一定漏看了什么！”宗方博士握着拳头朝自己脑袋咚咚地敲了几下，时而走进大门沿院子转圈，时而走出大门沿围墙转圈。

天大亮时，宗方博士再次和助手小池以及六名警官分成调查小组，从天花板到廊子底下，从每个房间到院子所有角落，展开了长达两个小时的调查，仍然没有找到类似脚印和指纹的可疑线索。他立即拨打电话向警视厅汇报。其实，警方已经无能为力。宗方博士快快不乐，决定返回事务所。

此刻，川手庄太郎像病人那样有气无力地躺在沙发上，也没力气指责他。宗方博士觉得眼下也不是道歉的时候，紧绷着脸，也没跟任何人打招呼，带上助手小池悄悄走出玄关。他俩来到大街上叫停出租车。宗方博士上车后垂头丧气地靠在座椅背上，闭上眼睛一句话也没说。助手小池望着先生闷闷不乐的表情，不知所措，也只得闭上眼睛一声不吭。

当出租车行驶到距离事务所还有一半路的时候，宗方博士猛地睁开眼睛。

“噢，也许是那么回事。”

他自言自语，紧绷的脸部肌肉放松了，眼睛变得炯炯有神起来。

“喂，司机，掉头！朝来的路开回去！速度要快！”宗方博士朝司机大吼道。

“忘拿什么东西了？”小池惊讶地问道。

“嗯，是有东西忘了，有一个地方忘了搜查，我刚才想起来了。”

“那，你已知道复仇者秘密出入口在哪里了吗？”

“我有一种感觉，复仇者既没出去也没进来，他和川手妙子一起在我眼前晃动。唉，我却一直没察觉到……”

小池直眨眼睛，丝毫不明白博士这番话究竟是什么意思。

“你是说在你眼前？”

“你马上就会明白，当然，也可能是我的误解。可思考来思考去，复仇者不可能耍别的花招。小池君，有些东西尽管出现在眼前，可我们却感觉不到。比方说，某种道具被用在毫不相关的地方，我们会像睁眼瞎那样视而不见。”

小池对博士的这些话越听越糊涂，觉得问也是白问。

出租车飞也似的疾驶着，很快来到川手别墅门前。宗方博士推门跳下车，一阵风似的穿过院门朝玄关跑去。来到客厅，见川手庄太郎还是像刚才那样无精打采地躺在沙发上，两眼直愣愣地不知望着哪里。

“川手先生，请允许我再次调查那房间，我漏看了一个地方。”

宗方博士拽住川手庄太郎的手，着急地说。

川手庄太郎有气无力地站起身来，跟在宗方博士和小池身后。宗方博士走到川手妙子的卧室门前，转动了一下门上的锁柄。

“啊，果然是那样！卧室门是先上的锁。”他说完神情沮丧地叹了口气。

川手妙子已经遭到绑架，眼下没有必要说什么锁不锁的。小池越发不明白先生这番话。

走进卧室，宗方博士立即走进里间，一骨碌躺在川手妙子昨晚睡过的床上。

“川手先生，这好像是一张新床吧？你是什么时候购买的？”

对于宗方博士意外的问话内容和语气，川手庄太郎更加惊讶，博士到底怎么啦？不会是精神错乱吧？

“喂，你到底是什么时候购买的？”宗方博士重复刚才的话题。

“我是最近买的，因为原来那张床突然坏了。四天前，我让家具店按原来尺寸送来一张新床。”

“哦，我觉得大概是这么回事。那，你见到送床来的搬运工了吗？搬运工确实是家具店派来的吗？”

“嗯，那搬运工来的时候……凑巧有客人来，我告诉他放床的房间和位置，没有跟他们一起去妙子卧室。我记得搬运工男子左眼上蒙着纱布，嘴里好像啰啰唆唆地说了什么。不用说，是陌生的搬运工。”

啊，一个左眼蒙纱布的男子！不就是前面提到过的，那个曾经将川手雪子尸体扮成菊偶人送到M百货大楼展示会场的搬运工吗！当时加他一共是三个搬运工，据说他的样子像是负责人。

“果然不出我所料！”

宗方博士吼叫着从床上跳到地上，爬到床底下检查是否有什么间隙。那模样像汽车修理工，脸朝上仔细观察床底的每一个部位。突然，他大声嚷起来，吓得小池和川手庄太郎目瞪口呆。

“跟我想象的一样。瞧！瞧这里！我已经弄清复仇者的作案手法了！唉，只是到现在才明白，太迟了……”

川手庄太郎和小池急忙跑到床边。

“哪里？”

“这里，是这里。你俩把床朝外移动！这里有机关。”

按照他说的，两个人从里侧将床从墙边移开。这时，躺在床下地上调查的宗方博士直起上半身，接着站起来用手指着刚才靠墙的床侧面。

“这里有暗盖。瞧，一打开就可看到床里有大木箱那么宽敞的空间。”

掀起床垫的上面部分，下面是宽一点三米、长不到两米的狭长空间。也就是说，整个床垫分上下两部分，上层床垫占整个床垫厚度的三分之一，非常柔软；下层床垫占整个床垫厚度的三分之二，是一块结实的木板，也就是下面狭长空间的顶部。不用说，是为了藏人的。这里面的空间，可以容纳两个人。

“这办法还真隐蔽！从外表看，跟一般床没什么两样。”

小池被复仇者的阴谋惊呆了。

仔细打量，这张床比一般床要厚许多，但粗看很难看出，设计和制作都属一流。无疑，复仇者途中拦截将床运往川手别墅的家具公司搬运车，换上“箱床”运往川手别墅。

“这么说，这张床运来时，复仇者已经躺在床下箱子里潜入我家了？”

川手庄太郎吓得目瞪口呆。

“也许是事先潜入，或许是床运来后潜入。但昨晚，肯定是事先躺在床下箱子里的。妙子小姐根本不知道这一机关，躺在与复仇者仅隔一张床垫的怪床上睡觉。半夜里，那家伙钻出来先麻醉你，再把妙子小姐塞入床下箱子里，而他自己也钻进去，等待出逃时机。”

“那，是早晨以后……”

“是的，我们失败了，根本没想到妙子小姐和复仇者会在床下箱子里，我们还敞开着卧室房门去院子搜查。无疑，复仇者当时见走廊和玄关上没人，便将妙子小姐挟在腋下逃走了。”

“可如果说复仇者出逃，那他是朝哪里出逃的呢？别墅外面的路上有行人，他不可能挟持我女儿大摇大摆走出去。再说，警官们当时不是守卫在围墙外面、正门和后门吗？”

“是的，我也那样想了许久。可复仇者也许采用了令人出乎意料的方法出逃，或许还在别墅里。如果还在别墅里，多半是想等到天黑！但是……”

宗方博士对这一可能性的预测不是很有自信。

“妙子多半也是被蒙住嘴巴，捆住手脚，和我昨晚的狼狈模样差不多。要不，她会大声喊救命，或许……”

川手庄太郎说完，忽然像看见什么似的，胆战心惊地望着宗方博士。

“现在什么也不能说，但这里没发生过残忍的事件，因为到现在还没发现一丝血迹。可妙子小姐的生命安全不能保证，我们只能祈求她平安无事。”宗方博士垂头丧气地说。

“如果还躲在别墅里，有必要再搜查一次……”

“我也这么想。为慎重起见，我想找门外警官打听一下。应该还有两名警官在那里。”

宗方博士朝门外跑去，小池和川手庄太郎紧随其后。

意想不到

一来到大门那里，见有一目光锐利的男子边抽烟边打量过路行人，男子身着西装，头戴鸭舌帽。

“喂，那后来是不是见过可疑人物进出过大门？或者是不是有什么人拿着大行李从门口出去？”

警官被宗方博士突如其来的发问搞得直眨双眼。

清晨，在对别墅进行彻底搜查后，为防止罪犯可能还藏在别墅的某个地方趁白天逃跑，上司命令这位警官继续站岗守卫门口。如果有可疑人物进出大门，按理不可能逃过他的视线。

“不，没有人经过，除你们以外没有一个人经过。”

“不会搞错吧？真没有一个人经过门口吗？”宗方博士继续询问。

“绝不会搞错。我是被特地留下来守卫大门的。”警官不高兴地答道。

“如果是送报员和邮递员那样的人呢？”

“什么？你说什么？像那样的人也要怀疑吗？送报员和邮递员进去过也出来过，可歹徒不可能模仿他们的模样出逃！他们都是从外面进入别墅的，送完报和信后就立即离开了。”

“是吗？我还是要请你仔细回忆！除他们以外还有人进去过吗？”

警官脸上的表情似乎在说，你这个侦探怎么这么啰唆？他瞪大眼睛愤愤不平地瞟了宗方博士一眼。少顷，他好像想起了什么，冷不防笑出了声说：“哈哈哈……要那么说，有，有，哈哈哈……是环卫所上门收垃圾的，那家伙拉着垃圾车进来，装完垃圾清扫垃圾箱后就走了。哈哈哈……像打扫垃圾箱的环卫工人也要对你说吗？”

“是的，很有参考价值……你站的位置能看见垃圾箱那里吗？”

“不，从我这里看不见垃圾箱。收垃圾的环卫工人经过大门是朝右拐弯进去的，垃圾箱可能是在厨房门口吧。”

“这么说，你一点儿也不清楚环卫工人到底干了什么？”

“是的，不清楚，也没有人命令我监视环卫工人。”

警官很不耐烦，脸上的表情似乎在说，你干吗要问这些无关紧要的事。

“那，环卫工人是从这里出去的吧？”

宗方博士仍纠缠着警官询问环卫工人的情况，就是要打破砂锅问到底。垃圾车和昨晚的绑架之间，莫非有什么关系？

“是啊！是从这里出去的。因为，把垃圾带走是环卫工人的工作呀！”

“垃圾车上有盖吗？”

“那怎么啦？我想多半有盖。”

“环卫工人就一个吗？”

“两个。”

“他俩长得什么模样？说说特征。”

一直显得不耐烦的警官，脸上突然露出不安的神色。宗方博士为什么要纠缠这一问题？渐渐地，他似乎明白了其中的用意。

警官思考片刻后似乎回忆起什么来。

“一个身材矮小，戴着墨镜。还有一个，哦，好像不是左眼就是右眼上蒙一块正方形的纱布，看上去四十岁左右。他俩身上穿的衬衫都很脏，裤子是土黄色的。”

听到警官这一描述，小池脸色骤变。宗方博士不高兴地问道：“中村警长没对你说过歹徒的特征吗？”

被这么一说，警官不由得慌张起来：“说，说过。曾在黑蔷薇花咖啡馆出现过的犯罪嫌疑人，戴墨镜，身材矮小。可是……”

“还有，将龙宫公主菊偶人搬入展示会场的那个凶手的特征呢？”

“哦，我现在想起来了，是左眼蒙纱布的。”

“两个环卫工人和凶手不是很像吗？”

“但是……我根本没想到环卫工人是凶手化装的……再

说，他们都是从外面进来的。而我是把注意力全集中在从里面出来的人身上……这大概是巧合吧。”

“也许是巧合，也许不是巧合。我们必须立刻展开调查。歹徒将川手妙子藏在某个地方后先独自一人逃走，随后为了带走川手妙子再返回别墅。这种设想也不是不可能。因为，我们早晨在别墅里搜查的时候，完全有可能被歹徒钻了空子。”

“你说歹徒把川手妙子藏在某个地方？会不会把她藏在垃圾箱里？”

“很有可能。歹徒也许会采用反常识、反逻辑的超常手段。我们今天早晨搜查的时候，没有调查过垃圾箱。那，我们现在去核实一下。”

大家跟在宗方博士身后走进大门，朝厨房后门走去。

被视为疑点的垃圾箱，是在厨房外侧和水泥围墙的内侧之间，外表涂有黑色油漆。论垃圾箱的大小，里面完全可以藏个把人。宗方博士径直走到垃圾箱旁边，掀开箱盖。

“里面很干净，什么垃圾也没有。哎，那是什么？小池君，过来看一下！”

小池连忙走到垃圾箱跟前朝里张望。

潮湿的垃圾箱底还留有少许垃圾，垃圾里夹杂着一个白色的东西。

“好像是信封。”

他一边说一边拾起信封。这又是一个曾经见过的普通廉价信封，上面没有收信人和寄信人姓名，但里面有信纸。

“看一下信上写的是什么！”宗方博士说。

小池拆开信封取出信笺。

“咦，是沾油墨后按的指纹。”

信的末尾按有清晰的指纹，好像是署名。宗方博士立即取出放大镜仔细察看。

“果真这样！川手先生，这跟我的推理完全相同。妙子小姐曾被歹徒藏在垃圾箱里。”

这是三个螺纹上下排列在一起的指纹，酷似骷髅黑洞洞的眼睛和嘴巴。

“小池君，念一下那封信。”宗方博士吩咐道。小池便念了起来。

川手先生：

我编撰的字典里没有“不可能”这样的单词。虽说你布置的两道警戒线看似铜墙铁壁，可经不住我制定的妙计而全线崩溃。告诉你，这就叫“道高一尺，魔高一丈”。请代向宗方大侦探问好，并请代我捎口信给他。

他和警方展开了地毯式的大搜查，却漏掉了床和垃圾箱。

他算什么大侦探？哼！请你别忘了把我这话原原本本转达给他。

你终于也有孤独一人的时候，你的女儿妙子去哪里了？请好好寻找寻找吧！也许，你会在某个充满恐怖的场所发现女儿川手妙子。请想象，你当时会是什么样的表情?

川手先生，这就是我复仇的第二幕。

宗方博士满脸羞愧，低着脑袋一直听小池念完那封信。

“川手先生，我不知道该怎么向你道歉，我承认这回被歹徒占了上风。歹徒诡计多端，手段残忍，但我一定会接受教训洗刷耻辱。妙子小姐可能已经没有生存的希望，但我一定要找到歹徒藏妙子小姐的地方。我不会就此罢休，准备与歹徒背水一战，哪怕拼上我的生命也在所不惜，直到抓获歹徒为止。请相信，我一定兑现诺言。”

宗方博士脸涨得通红通红的，一口气说完。与其说是向川手庄太郎保证，倒不如说是为了挽回自己的名誉发誓。

幽灵集会

宗方博士识破了歹徒用垃圾车带走川手妙子的诡计，是在早上八点三十分左右。大约十分钟过后，中村警长从警视厅赶来了。听完宗方博士对整个情况的介绍后，他又匆匆返回警视厅，向东京都内所有警署和派出所发出设卡盘查歹徒的紧急通知。

就这起犯罪事件来说，犯罪团伙的情况已经大致掌握，加之垃圾车上放有大货物，应该不难擒获。

可问题是，歹徒逃离川手别墅已经一个多小时。这些家伙动作神速，像幽灵那样擅长隐蔽。眼下，歹徒不可能仍然一副环卫工人的打扮，拉着垃圾车在街上慢慢行走。

他们肯定扔掉极易暴露自己的垃圾车和身上的环卫工人制服，带着川手妙子隐蔽在东京的某个地方。

如果真是这样，警视厅设在全东京大街小巷的盘查点只能说是“马后炮”。其结果，只可能找到被扔弃的垃圾车和工作服。

结果，果真这样。大约三十分钟过后，警视厅给正在川手别墅的宗方博士挂来电话：“是博士吗？我是中村，歹徒用过的那辆垃圾车找到了。”

“你们是在哪里找到的？”

“就在川手别墅附近，距离门口仅一点点路程。从川手别墅出来朝南走五百米左右，不是有一家神社吗？就在那边的树林里。”

“那，川手妙子呢？”

“没看见，只有一辆垃圾车。树林里我们都搜查过了，既没有找到川手妙子，也没有发现歹徒。”

“咦，川手妙子被他们带到哪里去了……好吧，我马上去你那里。”

宗方博士“啪”地放下电话听筒，喊上助手小池匆匆赶往现场。

他俩根据中村警长说的方向大步跑去，转过两三个弯后看到神社所在的那片树林。

那一带是东京的中心地带，却给人以东京郊外的感觉，到处残留着战争时代的痕迹，现在是少年儿童玩耍的场所。

走进树林，那辆垃圾车已经被送到当地警署调查。垃圾车被扔弃的地方，竖有一根作为标记的木桩。木桩旁边，站有一名全副武装的警官。

宗方博士递上名片，主动与警官打招呼："我是接到警视厅中村警长电话赶来现场的，中村警长马上就来。"

"原来是这么回事。久仰大名。听说您接受侦查这起案件的委托了。"

年轻的警官怀着崇敬的心情望着这位著名私家侦探，彬彬有礼地答道。

"那，除垃圾车外你还发现什么新情况了吗？"

"刚才对树林搜查过了，没找到任何线索，被害人可能被歹徒藏起来了，挖一下土应该可以找到。神社里和廊子下我们都搜查过，没发现什么。"

"就你一个人搜查的吗？"

"不，我们警署一共来了五个人，是分头搜查的。"

"哦，太感谢了！我在这一带调查一下。中村警长一到，请你通知他我在这附近。"

宗方博士朝警官行礼后，带上助手小池一起走出神社漫无目的地闲逛起来。

"咦，小池君，那儿好像有马戏团。"

"呃，好像是的。瞧，还竖有马戏团的旗帜。哦，上面写的什么幽灵集会，可能就是迷宫魔术。"

"啊，既然是奇妙的草木迷宫魔术，去体验一下好吗？这种以前出现过的幽灵迷宫，难道东京现在也有？"

"这种幽灵迷宫魔术，最近在东京很流行，过去称它草木迷宫什么的，现在换上了新名称，叫什么幽灵集会。场景里，别出心裁地制作了许多古怪的道具。"

他俩边说边走，不一会儿来到马戏团的帐篷门口。

正面有纸制的大块岩石和大片竹林，中间是木制庙堂，装饰得非常逼真。

上面排列着用荧光颜料绘制的广告宣传海报，画有各种姿态、各种模样的幽灵和妖怪，仿佛要跃出画面似的。

帐篷前面，是黑压压的人群。

透过人群的脑袋间缝隙，可以隐隐约约看到门口站着年轻的检票员。由于木门位置比较高，只能看到检票员胸部以上的模样。

此刻，年轻检票员嘴对着话筒，用嘶哑的嗓音一个劲儿地说着招揽观众的广告语。喇叭里不停地飞出嘶哑的嗓音和着叽叽喳喳的喧闹声，在人群上空回荡。

悬赏通告

他俩渐渐走到跟前，看见木门上贴有一张大纸，上面写着几行潦草且十分蹩脚的字。

> 游客如果从幽灵集会的迷宫入口进去并顺利到达出口，本马戏团除退还该游客入场券的票款外，还支付奖金一万日元。

“咦，这马戏团的做法真怪！入场券一千日元，加上奖金一万日元，难道经营者不知道这是赔本买卖？”

宗方博士不由得嘀咕，站在身旁的老者说：

“不是你想象的那么回事，马戏团的经营者可赚钱呢！喂，你瞧！有许多游客不都相继中途返回来了吗？他们半途当逃兵，没勇气到出口。

“嗨，我从昨天观察到现在，顺利到达出口的游客一个也没有。看来，中途一定有难以逾越的‘关口’。听中途返回的游客说，那里的迷宫找不到去出口的路。

“还说途中会不时遇上幽灵般的妖怪，也不知它们从哪里蹿出来的，面目狰狞，血口獠牙。而且，妖怪有许多种类。与其说害怕，倒不如说看了那些妖怪后心情不舒畅。据说，还有根本不能目睹的东西。”

老者是地道东京人，似乎爱聊天，也不管别人是否爱听，只顾着自说自话。

“那，大叔没去过迷宫吗？”小池嘲弄般地问道。

老者的手在脸前挥了挥说：“怎么能去那里面！付了一千日元买入场券，相反落得个魂飞魄散，值得吗？你们要是觉得那里是好地方，怎么不进去试试呀！”

宗方博士这时好像想起了什么，说：“怎么样？小池君，我们进去见识见识！”

他说这话时，表情非常严肃。

“什么？先生，你想进去吗？”

小池心想，说好是来寻找歹徒的，可先生到底怎么啦？中途撂下寻找歹徒的重要工作，竟像游客那样无所事事地见识草木迷宫……他觉得纳闷，神色木然地打量着宗方博士的脸，眼睛眨巴的频率更快了。

“我突然有了新思路……别吱声！跟着我进去。”

宗方博士说完，分开人群朝门口走去。

盘腿骸骨

被众人称为大侦探的宗方博士，居然撇下自己的工作进草木迷宫游乐，有这样的大侦探吗？

小池不由得恍惚起来，可转而一想，觉得先生此举一定有其道理，他绝不会平白无故地突然想要见识迷宫。看来，先生可能是想在草木迷宫里寻找下落不明的川手妙子。想到这里，小池顿觉茅塞顿开。

从别墅里出来的垃圾车，被歹徒扔在附近神社境内，而垃圾车上却不见川手妙子。

当时还是上午时分，带着川手妙子的歹徒们不可能走远。不管朝哪条路走，都是热闹非凡的大街，难以混在人群中间溜之大吉。

宗方博士去售票处购买入场券后走到门口，年轻检票员笑着提醒道：

“迷宫里的工作人员分两次发放‘通过证’，请游客别遗失，到达出口时交给工作人员。通过证，是顺利通过迷宫的证明，但必须满两张，否则无效。”

他俩听完检票员的提醒后走进木门。

迷宫虽说在帐篷里，可帐篷顶部内侧蒙着厚厚的黑布，而且蒙得没有一丝缝隙，像真正的黑夜。眼前的草木迷宫里黑得伸手不见五指，路一直向前延伸。

朝右转，再朝左转，朝前走，再朝后退……一条只能容纳一人行走的羊肠小道，似乎有好几百米长。整个帐篷的面积并不大，可隔成弯弯曲曲的小路后，漫长得简直让人吃惊。

“哇，糟糕！累得我够呛。瞧，又是岔路！究竟该往哪里走才对？一旦走错，就得在同一条路上绕圈。”

小池不耐烦地嚷道，后悔不该进来。

宗方博士显得很冷静。

“小池君，你知道草木迷宫的走法吗？如果朝右走，右手必须摸着竹篱笆一直朝前，即便走进死胡同，也不会连续犯错。比起稀里糊涂地乱走，还是这方法好，而且可以很快地走出迷宫。”宗方博士边解释边用右手摸着竹篱笆走在头里，步伐很快。

小池觉得也许是那么回事，紧随博士身后。

漫长的竹林里，有许多各种形状的妖怪。在微弱灯光的照射下，有的横卧，有的站着，有的悬挂在空中，有的像装着什么机关，在空中悠悠晃动。

古池般的水塘里，有时猛地伸出细长的手臂，渐渐现出女幽灵。

漆黑的通道上，游客有时突然踩上软绵绵且庞大的东西，扑通一声仰脸摔倒在地。

有的通道上方，耷拉着脑袋的女人突然从天而降，呼地骑在游客肩上，继而双手抱住游客，发出令人厌恶的尖叫声。

这些偶人的形状即便制作得再可怕，其恐怖程度也不足以让男游客拔腿逃走。仔细看，充其量只不过是滑稽幽默而已。

“先生，浏览这些偶人真无聊！到现在，我一点儿也没感到可怕。可是，那些游客为什么看到偶人会惊慌失措抱头鼠窜？”

“是啊，不过，现在下结论还为时太早，没看到结束还不能这么说。再说我们并非只为了玩才进迷宫的，你我身上有重要任务，那就是寻找川手妙子。因此，不管什么样的偶人，我们非但一个都不能漏看，还要仔细观察。”

他俩边走边小声说话，不时地遇上妖怪和幽灵，不得不猛地站住，随后继续行走。就这样，走走停停，停停走走，走了好长时间后才穿过草木迷宫里的竹林，到达黑色木板围墙边上。

“咦，又是死胡同？不，不，不是那么回事。瞧！这里有小门，门上贴有小纸，上面写着‘请推门进去’。小池君，这儿气氛有点儿紧张！这地方这么黑暗，推门进去可能遇上什么恐怖的怪物。”

“是呀，要是一个人，也许会感到害怕。”

宗方博士把门推开，与小池一前一后走进去。

但是，门里面并没什么令人害怕的东西，只不过感到黑压压的一片而已。可在这么漆黑的地方，即便鼻尖相互碰上也无法看清对方是谁。

房顶、墙上和地上好像都蒙上了黑布，一丝光线也没有。比起刚才与妖怪和幽灵相撞，这里显得更加恐怖。

“这里太暗，简直无法迈步。”

他俩手摸着墙，脚踩着地面小心翼翼地朝前行走。

走了十米左右，猛然间觉得右边的黑暗里有白乎乎的东西，朦朦胧胧的，好像是什么动物蜷缩在那里。

“什么，是骸骨！是一具盘着双腿坐在那里的骸骨。”

小池来到边上朝骸骨摸了一下，不是画，也不是人穿着骸骨图案的服装，而是真的骸骨标本。

黑暗里猛遇上盘腿坐地的骸骨，比起可怕，更有说不清道不明的恐惧。

就在他俩停住脚步欲观察的时候，奇怪的现象发生了。骸骨忽地直立起来，冷不防朝他俩伸出右手。原来，骸骨手上拿着一叠纸。

接下来的一瞬间，骸骨张开嘴巴，嘎叽嘎叽地传出牙齿的摩擦声和嘶哑的笑声，好像身上某个部位装有喇叭，让人觉得声音来自遥远的地方。

刚才进门时，年轻检票员曾提醒说，如果顺利穿过迷宫，途中会先后得到两张通过证。看来，这就是他说的通过证。

如果是胆小的游客，不可能在这么黑暗的地方从骸骨手里取通过证，无疑会转过身拔腿就逃。他俩来到这里，应该说已经顺利通过了迷宫的第一关。

宗方博士和小池并不感到可怕，从骸骨手里接过通过证，继续手摸墙脚探着地朝前行走。

少顷，墙挡住了他俩的去路，左边和右边都没有路，无法继续前行。

“奇怪！大概是要我们后退吧。”

“不会。可能有门。我觉得这黑色板制围墙应该有门。”

“嗯，也许像你说的那样。”

宗方博士在正面墙上摸索了片刻，连连说：“哦，有了，有了，是门！可以推开。”

说着推开门朝里走去。

就在这时，眼前出现了酷似摄影机上的闪光灯的光，频频闪亮，照得小池怎么也睁不开眼睛。顷刻间，门像装有弹簧那样腾地关上，凑巧触及他的鼻尖。

小池觉得走在前面的博士应该在门那边，赶紧推门，可不知何故，关紧的门好像被人使劲儿按着那样，无论怎么用力就是推不开。

“先生，门被关上了，我过不去，是不是能把门朝你那里拉开。”

叫声轻轻传到门那边，可宗方博士没回答。

猛然间，宗方博士像被从黑暗扔向强烈的阳光下那样，眼冒金星。

光线强烈而又刺眼，片刻什么也看不清楚。渐渐地，眼前就像云散雾开那样，频频闪烁的亮光消失了，取而代之的是脸上肮脏不堪的大眼睛男子，嘴张得像碗那么大。

“咦，这不是我自己吗？”

他重新观察，确实像表情一本正经的自己，鼻梁上架着眼镜，嘴上留着胡子，下巴有一撮三角形的胡子。

体验镜屋

宗方博士觉得仿佛被幽灵缠身，烦躁得眼看就要发狂，说不出到底是什么心情。就在他稍定下心来再认真观察时，发现前面是一堵镜面墙。

“啊，原来是镜子！这迷宫与曾经走过的迷宫不同，变幻莫测。”

像这样的镜子不可能难住他俩。如此奇妙的小房间里，装有足以使宗方博士吃惊的机关。

朝右看，是自己；朝左看，也是自己；朝后看，门背也有镜子，镜子里的宗方博士变大了五倍。

不仅四周墙上是镜子，就连天花板上和地上都装有镜子，并且六面镜子之间没有一丝间隙，简直不可思议。

有的是平面镜，镜子里的人物与实际人物的比例是一比一；有的是凹面镜子，镜子里的人物比实际人物大五倍；有的是波纹镜子，镜子将人物影像拉长成三米左右，或者将人物影像缩短成五十厘米左右。

镜子里出现的模样，再相互映照在六面镜子里，使得一个人变成六个人，十二个人，二十四个人，甚至变成四十八个人……

如果紧盯着镜子的深处看，遥远的地方似乎有几百个影子重叠在一起，变成几千人。并且，头顶的镜子与地面的镜子相互反射。

宗方博士身处镜屋不由得思索起来，被独自关在安装如此精细的镜屋里，有生以来还是第一回，自己吓得不轻。

眼下，如果笑，镜子里会出现几千张笑脸；如果举手，镜子里会出现几千只举起的手；如果迈步，镜子里会出现几千个走路的人。

抬头仰望天花板镜子，镜子里倒栽葱似的站着的宗方博士正望着自己；低头俯视地面镜子，脚朝上悬挂着的宗方博士在从下朝上看。自己仿佛上不着天下不着地地被悬挂在空中，孤独无援。

身处六面镜房间里，简直上天无路入地无门。如果是妇女或孩子站在这里，一定会吓得哭鼻子，甚至还会发疯。

宗方博士也不敢在镜屋里久留，慌乱地在六面镜子上摸来找去，寻找出口。于是，镜子里映照出几千个转圈的宗方博士，宛如大操场上几千个人正在跳集体舞。

这样的机关太残酷！入口门被关得根本推不开，而且也找不到其他出口。倘若被一直关在装有六面镜子的房间里，无论谁都会癫狂发疯。

其实，出入口门刚才自动关闭是有原因的。这样的镜屋只能容纳个把人，只要有人进去门便自动合上。在一定时间里，无论你怎么推和拉都是徒劳的。把游客关在这样的镜屋里，是马戏团在迷宫里设置的游戏项目。

“小池君，太可怕了！原来是镜屋。现在，我找不到出口究竟在哪里，你再试着推一下刚才进来的那扇门。”

宗方博士朝站在镜屋外面黑暗里的小池大声喊道。

“先生，推不开！从刚才关上的那一刻起，我就一直在用力推。”

“小池君，你别进来，我已经害怕得受不了啦！我稀里糊涂地闯进来，现在惊慌失措。这房间里到处是镜子！镜子里，有几千个跟我模样相同的人晃来晃去。”

“啊，有那么可怕！你还没找到出口吗？这门肯定是哪里失灵了，我去门口喊工作人员来开门好吗？”

“哦，开了，开了，镜墙有间隙了，让我先出来。”

这时，有一面镜墙在机械转动下出现了能容纳一个人通过的间隙，可外面仍然是一片漆黑。

宗方博士正要出来，可瞬间又愣住了。如果小池闯进来怎么办？不能让他独自留在这里，跟他一起离开这里是上策。

然而，设计迷宫的人并没有忽视这一点。

“我这里的门开了，你那里怎么啦？”

传来小池敲门的声音。

无奈，宗方博士率先离开镜屋站在外面的黑暗里，刹那间刚出现的间隙随着传来“啪”的响声消失了。与此同时，那边传来小池的叫喊声。

“先生，你在哪里？门开了，门开了。”

“出口在这里，你只有等门自动打开才能出来，请耐心地等吧！”

宗方博士大声喊道。

草房蚊帐

伫立在黑暗里等了好一会儿，眼前的墙终于像门那样开了，小池摇摇晃晃地逃了出来。

“啊！快把我吓坏了，憋得真难受啊，我是半睁半闭着眼的，要不然我准会发疯……”

“呃，原来如此。大家就是这原因才返回门口的吧？越朝前走越可怕。”

两个人在黑暗里交谈，用手摸着墙朝前走了起来。

忽然，黑暗里传来轻轻的嘶哑的声音。

“怎么样？有点儿紧张了？这还是刚开始哟！真正恐怖的阶段还在后头呢！现在想返回可不行，也许会吓死你的。”

不知哪里装有喇叭，好像有人在远处说话。黑暗里，他们发现眼前似乎龟缩着一个黑乎乎的家伙，两个人吓得双腿直打哆嗦。

在这里，大部分游客会觉得受不了而产生返回门口的念头，可宗方博士和助手小池没有返回。他们觉得越是可怕，越是有必要弄清楚前面究竟是怎么回事。再说身上负有寻找川手妙子的重任，必须在迷宫里彻底走一回。

他俩手摸着墙，脚探着地朝前走，渐渐觉得周围有亮光了。

“好像又遇上竹林了。”

“先生，快穿过竹林！游客们都是到了这里后就返回的，哎呀，我怕！”

竹林迷宫的两侧，到处是惨不忍睹的东西。小池吓得脸色苍白，加快了脚步。

眼前猛地出现铁路，泛白的铁轨上滚落着一只沾满鲜血的胳膊。胳膊上的手像虫在草地上爬行那样，朝小池靠近。就在小池正要经过的时候，隐隐约约觉得身后有东西在追赶自己。更可怕的是，那东西越过围栏爬到通道上。

“哇！”小池不由得大声叫起来，一把抱住宗方博士的肩膀。

其实他心里知道那是机关控制的游戏，可像手那样的东西朝自己爬来，不管谁都不会好受。这时又传来嘶哑的声音，但不知来自哪里。

“亲爱的游客，这是第二张通过证，请拿好，否则得不到一万日元奖金的哟！但要加倍小心，那只手也许会抓住你的胳膊不放。”

他们一看，原来偶人手上握有一叠通过证。

“原来如此，原来如此，想得真周到。有了这两张通过证，就等于我们完全经过惊险的迷宫了。”

宗方博士边嘟哝边弯腰抓住偶人手臂，从手上取下两张通过证。

“原来是这样，瞧，上面还盖有大印呢！”

宗方博士直起腰来佩服地望着，跟前面得到的通过证一起放入口袋。

他俩一路担惊受怕，好不容易来到这里，快要走到迷宫出口了。

“哎，先生，快要走完迷宫了，可一路上没发现川手妙子呀。”

“嗯，接下来好像还有恐怖场景。你瞧，这儿的光线很暗淡。”

宗方博士站在围栏前面，紧盯着那里。

那一带是竹林，草也很茂盛，里面是一幢房子。十平方米左右的草房，周围没有窗、没有门也没有墙，站在通道眺望房间可以看得一清二楚。那张床的周围，被褪色的旧蚊帐笼罩着。模模糊糊的光线，来自帐顶上那盏有蓝色灯罩的小灯。

“咦，蚊帐里好像有什么。”

“嗯，好像是有什么。可灯光太暗看不清楚，走过去调查一下好吗？”

“好，过去调查一下！”

宗方博士和小池互相点点头，越过围栏，脚踩草地，走到罩有蚊帐的床前。

宗方博士手抓住蚊帐下端猛地朝上掀起。

捉拿黑影

“太像了！”

“是的，这张脸与川手妙子很像。”

蚊帐里躺着一个死人，千真万确是川手妙子。

“她是昨天晚上在自己卧室里被人杀害的吧？”

“嗯，好像是这么回事。否则，不可能那么轻易地被藏在床的夹层箱子里，也不可能那么轻易地被装在垃圾箱里……凶手是趁早晨天蒙蒙亮时把尸体装上垃圾车运到神社附近树林里的。

“随后，凶手偷偷将尸体搬运到迷宫里与蚊帐里的偶人调包。无疑，凶手从一开始就打算把尸体运到这里。因为放在这种地方，不必担心被立刻察觉。

“其他游客，一般不可能像我们这样掀开蚊帐看个究竟。再说，大部分游客在来这里的中途已经魂不附体返回入口了……看来，连马戏团的工作人员也没发现这一情况。”

“凶手来这里时，天刚蒙蒙亮，这里的工作人员都还在睡觉呢。如果凶手不从入口进来，而是掀开场景背后的帐篷底端潜入这里，既不费吹灰之力，也不需花费什么时间。”

“必须尽快通知川手庄太郎先生和中村警长来这里。”

“嗯，快给他俩打电话……哎，小池君，你等一下，我一直在琢磨那两张通过证。”宗方博士从口袋里取出表示顺利通过迷宫的两张通过证，借助微弱灯光琢磨起来。

两张纸牌正面分别写有“第一兑换券”和“第二兑换券”字样。正中央按有“丸花演出部”的红印章。接着，他将通过证翻过来观察反面。

“咦，果然是这么回事。你瞧！”

只见通过证反面的正中央有清晰的指纹。他赶紧从袋里取出小型放大镜，放在指纹上观察。

“又是三个螺纹的骷髅指纹，这是复仇恶魔的标记。”

“跟前几回见过的指纹相同吗？”

“相同。这说明凶手在讽刺嘲笑我们！”

“是啊，骸骨偶人的手竟然持有这种通过证，太奇怪了。我们得到的通过证上，居然有三个螺纹的骷髅指纹……莫非凶手还在马戏团帐篷里？”

“也许吧。瞧！那是什么？那片竹林里有一团黑色东西。”

宗方博士的目光被草房背后的竹林深深吸引住了。

“咦，你是说黑色东西？”

“是的，就是那里，正在朝这里蠕动。这儿是没人来的地方，按理说不太可能设置幽灵偶人。”

这么一说，似乎黑色东西就站在眼前。

宗方博士目不转睛地注视着那里，那幽灵般的怪物似乎在黑暗里朝这儿看。就这样，双方屏住呼吸对视了大约三十秒钟。

“你过来！”宗方博士轻声说完，冷不防朝草房背后的竹林里跑去。

哗啦，哗啦，传来竹子摇晃的声音。

“谁站在那里？”他大声喝道。

于是，黑暗里传来奇怪的笑声，好像是捂住嘴巴哧哧的笑声，是一种令人讨厌的笑声。紧接着，又传来哗啦哗啦的竹林晃动声，好像黑色怪物迅速朝竹林深处逃走了。

“站住！”黑暗里，出现了前面逃后面追的情景。小池紧随博士身后，朝着竹林深处声音传出的方向追赶。

推开厚厚的竹篱笆，这里是刚才通过的羊肠小道，是迷宫里弯弯曲曲的两侧尽是草木的小路。

“黑影朝哪里跑的？”

“不清楚，你朝那里追上去。”

宗方博士说完沿迷宫小路朝右边追，小池则朝左边追。突然，他停下脚步，密密麻麻的竹林外面好像有人。透过重叠着的竹叶间隙打量，可光线暗淡得看不清楚，只是感觉到有黑影。

“先生，您在那里吗？”

小池一连喊了几声，没有回答。取而代之的，是哗啦哗啦的响声和令人作呕的笑声。听到这声音，他猛地站住，双腿禁不住哆嗦起来。过了好一会儿才终于缓过神来，又一边拨开竹子一边大声喊道：

“先生，我在这里，我在这里，请快过来！”

此时此刻，小池已经忘了脸上和手上的伤痛，在竹林里穿来穿去地寻找，却没再见到怪物的踪影。黑影，仿佛在竹林迷宫里跟他“捉迷藏”。

“小池君！”沿拐角刚转过弯，他见宗方博士从对面边跑边喊。

“怎么啦？碰上那家伙了吗？”

“就听见一次声音，但没见着。那家伙肯定在迷宫里什么地方藏着。”

“我也听见声音了，还看见那家伙站在竹林那边，可能在我们从两边包抄的时候躲起来了。”

就在他俩站着说话的时候，忽然传来哗啦哗啦的声音，有三个男子朝他俩走来。他们是马戏团的工作人员，听到叫喊声赶来了解情况。

宗方博士对他们说明原委和自己的身份，要求他们配合捉拿凶手。

“小池君，你尽最大努力和他们一起寻找，我去附近打电话给中村警长，让他带警察搜查迷宫。帐篷外面是白天，还有许多游客，凶手不太可能逃到外面，应该说他已经是瓮中之鳖了。”

宗方博士急匆匆地朝迷宫外面走去，片刻消失了。

迷宫遇难

就在宗方博士走后不一会儿，迷宫里又出事了。

光线暗淡的竹林小道上，出现了一身黑衣魔术师模样的家伙，像逛街那样走着。仔细看，这家伙头和脸上蒙着黑色面套，上身穿着黑色紧身衬衫，下身穿着黑色紧身长裤，手上戴着黑色手套，脚下穿着黑色袜子和黑色鞋子。唯有黑色蒙面套上的眼睛部位留了两个小孔，两道锐利的目光正小心谨慎地朝四周扫视。

不用说，谁也不知道他是什么人。假设他是绑架川手妙子的歹徒，无疑就是左眼蒙纱布的高个男子。

黑色怪物此刻肯定知道，宗方博士去打电话求警方增援；马戏团里的十多名工作人员根据小池的吩咐守候在各出入口。可看黑衣人优哉游哉走路的模样，似乎并不把这当一回事，嘴里还不时发出哧哧的笑声。

参加搜索的工作人员，在竹林里仔细寻找，不时地用手撩开挡住视线的竹枝，弄得竹林里到处都是哗哗的响声。

眼下，应该说黑色怪物被四面八方围住了。可黑色怪物不仅哧哧地笑，还像愚弄人那样舞着双臂学鸟儿飞行。黑色怪物转过弯，脑袋上方出现了悬挂着的白色东西。那是宗方博士和小池刚才遇见过的系着脑袋的女幽灵。

黑色怪物见到这般情景又笑了。遇上这般全身黑色的海盗模样的家伙，女幽灵说不定都会胆战心惊，不敢靠近。

黑色怪物无视女幽灵偶人的存在，继续朝前行走。于是，机械控制的白幽灵嗖地降落到地面后迅速追赶上去，从后面搭住黑色怪物的肩膀。于是，竹林里仿佛出现了两个正在逛迷宫的游客。

"哧，哧，哧……"黑色怪物毫不紧张，只是一个劲儿地傻笑，还不停地用手拂开女幽灵的细手臂。

可不知何故，无论黑色怪物怎么拂，女幽灵的两条纤细的手臂还是紧紧缠住黑色怪物的肩膀。黑色怪物用力拂，幽灵的手臂开始移向黑色怪物的颈部，苍白的手朝着黑色怪物的脖子掐去。

瘦弱的女幽灵很有力气，着实使黑色怪物吓了一跳，不得不使出全身力气去拂幽灵的手。可女幽灵的双手死死地掐住了对手的脖子，似乎要致黑色怪物于死地。

"你，你。"黑色怪物终于难受地叫嚷起来。

从背后缠住黑色怪物的白色女幽灵，原来不是偶人，而是

真正的人。

于是残酷的格斗拉开序幕，白色女幽灵和黑色怪物之间展开你死我活的搏斗。交战很快结束，被掐住脖子的黑色怪物好像没什么力气，抵抗了没几下就成了白色女幽灵的俘虏。

“喂，抓住了！在这里，在这里，快过来！”这是小池的叫声。

原来，小池刚才在捉拿黑色怪物的过程中发现对手灵活得像泥鳅，便穿上白色外套化装成幽灵麻痹敌人，伺机捉拿。

小池十分擅长这一套，眼下在宗方博士不在身边时敏捷地抓住了黑色怪物。他还发现对方不像刚才看到的那么有力，相反比女子的力量还要弱小。这家伙到底是什么模样？

他猛地一把拽住黑色蒙面套，由于用力过猛撕破了黑色蒙面套，刹那间，对方的下巴、嘴、鼻子和眼睛立即暴露在小池眼前。

他使劲儿端详那张脸。

顷刻间，小池的嘴里发出难以言喻的惊叫声。

“哼，想看我的脸吗？”

黑色怪物吼叫着企图转过身体，可身体被小池紧紧抱住。这时，黑暗里闪出火光，与此同时传出“砰”的一声刺耳的枪声。鲜血立刻从小池的胸部涌出，只见他全身后仰，直挺挺地倒在地上。

黑色怪物把撕破的蒙面套重新蒙在脸上，慢吞吞地从地上爬起，右手上握着的手枪枪口还在冒着青烟。

“哧，哧，哧……”他又发出令人厌恶的笑声，眨眼工夫便消失在竹林那边。

这时从相反方向跑来两个气喘吁吁的工作人员，他们听到了小池的惊叫声和刺耳的枪声。可当他们看到倒在血泊里的是女幽灵时，不知道究竟发生了什么，站在那里愣了好一会儿后总算明白过来。

“啊，他是那个叫小池的侦探，可能是化装成女幽灵在这里伏击凶手。可是，凶手居然开枪？”

他俩浑身哆嗦，担心黑暗里飞出子弹，慌慌张张地打量枝叶茂密的竹林。

“到底发生什么啦？”

他俩抬头一看，站在身边的是大侦探宗方博士。

“你的助手被凶手用枪打死了。”

“什么？他是小池君？”宗方博士立刻弯腰查看倒在地上的小池。

“呀，真是小池君！这到底怎么啦？嗯，看情形，他　定是发现凶手并与凶手搏斗过，最后被凶手的子弹击中了。啊，子弹射入的部位是胸部，看来无法挽救了。小池君，你安息吧，我一定替你报仇！我发誓，一定向杀死你和木岛君的凶手讨还血债！”

宗方博士的眼睛里闪动着晶莹的泪水。

夹击镜屋

大约二十分钟后，接到宗方博士报告的中村警长赶到了现场。他和十二名便衣警察和身着制服的警察分乘两辆警车赶来，看架势一定要捉拿凶手归案。

为防止凶手弄破帐篷出逃，六名警官守候在帐篷周围，其余六名警官分成两组，分别从入口和出口进入帐篷搜查。

接到中村警长命令的马戏团工作人员，卸下了蒙住帐篷顶部内侧的黑布，刚才还是漆黑一片、充满阴气的帐篷里顿时亮堂起来。迷宫里的所有妖怪偶人和幽灵偶人在明亮的光线照射下，不再像黑暗里让游客魂飞魄散那样恐怖，而是神色木然、滑稽可笑。

竹林、树木、板墙、篱笆被统统推倒在地。于是，条条小路都通向出口，迷宫的神秘感瞬间消失了。由三名警官和四名马戏团工作人员组成的搜查小组，开始对竹林展开搜查。

“咦，那里面好像有什么东西。”一名警官说。

那儿是“铁路场景”，铁轨那边有黑乎乎的隧道口。

虽说帐篷里变得亮堂了，可隧道里还是漆黑、阴森，显得很神秘。

“这条隧道很浅，走一会儿就可到底。如果有凶手，按理是逃不出去的。”一名工作人员说。

大家走到隧道口跟前，打量隧道里面的情况。隧道尽头的底墙那里，闪烁着两道细长的目光。仔细看，站着一个人形的黑影。大家猛地停住脚步。

“危险！这家伙手里有枪。”

就在大家胆怯的时候，黑色怪物伺机出来了，右手握着枪，发出哧哧的、令人厌恶的笑声。黑色怪物一走出隧道，胆大包天地跨过铁轨，朝警官这边走来。

刚走没几步，只见他猛转过身朝着没人的地方飞奔，像射出的箭一般。

“喂，站住！”

“不准跑！”

威严的喝叫声此起彼伏，七个人相继追上去。

“哧、哧、哧……”

黑色怪物尽管双腿飞也似的疾跑，可笑声不止。黑色怪物跑到镜屋跟前，一把推开被制作成黑色板墙的暗门，一溜烟钻到镜屋里。

追兵们来到距离门前十米左右的地方，纷纷停住脚步直打哆嗦。暗门与门框之间有一条缝，黑色怪物的眼睛凑在门缝上紧盯着他们，黑洞洞的枪口不偏不倚地朝着他们。

“我从出口绕到镜屋背后，与你们形成夹击态势。这主意怎么样？”一名年轻的工作人员轻声提议。

“好，你从出口绕到镜屋背后，顺便把这里的情况告诉出口那里的警官，让他们从那里绕到镜屋背后。”

无疑，黑色怪物成了瓮中之鳖。

这家伙眼下还不清楚自己已经处在腹背夹击之中，脸仍然凑在门缝上威胁警官不准他们靠近。

其实，另一队警官很快就会从出口包抄过来。即便黑色怪物从背后逃出镜屋，也不可能逾越六名警官在那里组成的阻击圈和黑压压看热闹的人群。

镜屋正面的警官们望着枪口，屏住呼吸，等待时机。

“哧、哧、哧……”

黑怪物又发出令人厌恶的笑声，五秒，十秒，十五秒……

镜屋里突然传出响声和咳嗽声，好像有人扑向黑色怪物的背后。然而枪口还是朝着警察，丝毫没有移动的迹象。咦，这是怎么啦？房间里不可能发生搏斗。等了许久，就在追兵们的手心都捏出汗的时候，只见镜屋门悄悄开了。大家猛吃一惊，不由得朝后退却。

渐渐的，门缝越开越大。莫非，黑色怪物企图硬着头皮从正面突围？

门，完全敞开了。

咦，这是怎么回事？出现在大家眼前的，不是黑色怪物，而是宗方博士。

“喂，你们都站在这里干什么？那凶手怎么啦？”

宗方博士这么一问，警官们惊讶得目瞪口呆，急忙问道：“宗方先生，你在镜屋里看见歹徒了吗？那家伙一开始就把枪口伸出门缝朝着我们。”

“我也听说歹徒闯入镜屋，打算与你们前后夹击。可当我匆匆赶到这里进入镜屋后，连黑色怪物的影子也没见着，就这支枪悬挂在门把手上。”

宗方博士一边说一边取下用绳子系着的手枪，让大家看。

“你们一定是看见枪口朝着外面就误以为歹徒在里面，其实那家伙是把枪挂在门的把手上，将枪口固定成伸出门缝朝着你们的态势，随后乘机逃之夭夭了。”

听了这番话，警官们一个个都愣着没说话，茫然不知所措地望着宗方博士。

“哎，我也觉得这情况很奇怪。我一直埋伏在镜屋背后不远的地方，可没见过有人从背后出去，是不是镜屋里有暗道？”

可恶的、令人恐惧的黑色怪物，究竟朝哪里逃窜了？

大家又展开地毯式的大规模搜查，凡能藏人的地方都仔细调查过了。令人费解的是，黑色怪物不再出现，无疑已逃到帐篷外面。

“拆除镜屋里的所有镜子后再搜查！”

最后，宗方博士想出这么一招。

大镜子被一面一面拆除后，警方对空荡荡的房间展开了搜索。可房间里既没有暗道，也没有可以藏身的地方。

咦，这镜屋难道会有让人消失的魔力？

大家想到这儿，全身不由得鼓起一层鸡皮疙瘩。

真假难辨

凶案连续发生，而凶手的真实面目丝毫没有暴露。更让人不可思议的是，就连受到报复和伤害的川手庄太郎也提供不出任何线索。

唯一的线索，便是那个震惊日本列岛的三螺纹的骷髅指纹。这个倒三角形的骷髅指纹，犹如幽灵般的相继在好多地方出现。

凶手采用酷似变魔术的手法，先后残忍地杀害川手庄太郎的两个女儿。最后将遭到凶手报复的，是川手庄太郎本人。凶手之所以先杀害他的两个女儿，是为了折磨他，让他深感痛苦和绝望，实施的是一种丧心病狂的杀人手法。

川手庄太郎自失去女儿川手妙子后，变得呆头呆脑的，整天闭门不出。就在川手妙子葬礼的第二天清晨，宗方博士登门拜访了川手庄太郎。

这种时候，川手庄太郎是不愿意见任何人的，可宗方博士例外，他是目前唯一可以依靠的大侦探。尽管宗方博士屡次失败，但每次失败后都能说出凶手的阴谋如何如何。

瞧那模样，似乎他对凶手设置的包围圈越来越小，让警方和受害人都觉得抓获凶手的希望就在眼前。在川手庄太郎看来，除宗方博士外，已经没人能对付擅长魔法的凶手。

宗方博士一到客厅，便就自己的惨败连连向川手庄太郎道歉：

“作为补偿，在防备凶手第三次报复的措施方面，我决心全力以赴。造成今天这种局面，是神圣的侦探职业所不能允许的。即便没有你的委托，我也必须为自己的名誉与凶手决一雌雄。

“再说，我现在与凶手也有着不共戴天的仇恨。他为了阻止我对他的有力侦查，竟然一连杀害了我的两个助手。我要向夺走他俩生命的凶手讨还血债，将藏在暗处的凶手绳之以法。”

“谢谢，谢谢！说得太好了。我先后失去两个女儿，你先后失去两个助手，凶手是我们共同的敌人。我这次也豁出去了，无论出多少赏钱都不在乎，只要能破获这起连续凶杀案，只要能让凶手尽快归案。

“博士，请你无论如何制定出最佳并且万无一失的捉拿凶手的方案，为我的两个女儿和你的两个助手报仇。如果需要高额的费用，我就是献出全部财产也在所不惜。这一回，我把赌注全押在你身上了，希望你与中村警长联袂侦查，使出浑身解数。”

“嗯，我完全赞同你的说法。我将抽出一定时间并放下手中的其他案件，全力以赴侦破本案。为此，我有跟你商量的要事。”

宗方博士将身子稍稍前倾，嗓音低得几乎听不见。

“川手先生，眼下必须防备的是凶手的第三次报复。也就是说，当务之急的工作，是竭尽全力保护你。

“在我俩现在说话的过程中，也许擅长魔法的凶手已经把魔爪伸到我俩身边。为此，我从昨天起就一直在思考如何防止凶手的第三次报复。经过一番思索，还是觉得目前将你隐蔽起来是最安全的办法。

“因为，我们至今都没掌握凶手的真实身份和凶手的住所。要与躲在暗处的凶手较量，唯一的办法是先把你隐蔽起来。如果你能去安全场所隐蔽，我就可以避免心挂两头，才能集中精力，最大限度地施展我的侦查才能。我想出一个绝佳办法，希望你采纳。”

说到这里，宗方博士紧张地打量四周，把自己坐的椅子挪到川手庄太郎跟前，将嘴再次凑上去压低嗓门说道：“我给你找了一个替身，长相和个头都与你十分相似，还是一个赴汤蹈火也心甘情愿的人。这人武艺高强，已经获得柔道三段的资格证书。让他代替你当别墅主人，等到凶手上钩时将其抓获。”

“真有这样的高人吗？”

“是的，跟你长得一个模样，你一看就明白了。”

“可问题是，你打算把我藏在什么地方？有这地方吗？”

“当然有，而且非常适合你。地方在山梨县农村，是一幢像城堡那样的别墅。窗和廊子被铁板封得严严实实，称得上密不透风。别墅四周的围墙外面有护壕沟，进入别墅必须过桥。

“而那座桥是吊桥，平时一直是悬挂着的，就是古代富豪居住的城堡别墅。我曾经为侦查某案去过那里，也就是那家主人生前去过，我还在那里住过。无论是场所还是住房，都非常适合你居住。

“如今，这座别墅由当地一对夫妇看守，他俩认识我。你如果决定去，今天就可以成行。是啊，要在那里住一段时间，最好带行李箱去。我提出这么好的建议，主要是我想起那幢城堡别墅和一个与你相像的替身。既可以说是巧合，也可以说是机会难得。”

“嗯，让我考虑一下！我总觉得不一定要那样做。”

就在川手庄太郎左右为难的时候，女用人端茶进来了，手上端着两个生漆茶碗。

宗方博士取下茶碗盖，朝茶碗表面的黑色生漆望了一眼：“等一下！”

说完，他把手伸到川手庄太郎的茶碗那里，取下茶碗盖子，翻来覆去地打量，再从口袋里取出放大镜仔细观察这两个碗盖。

“两个盖上有什么异常情况吗？”

川手庄太郎见状脸色唰地变了，大声问道。

“嗯，上面有骷髅指纹。你瞧！”

宗方博士握着碗盖说。

川手庄太郎心里越害怕却越想看，眼睛凑在放大镜上。

啊，像骷髅在笑。果真又是那个三个螺纹的骷髅指纹。两个茶碗盖的表面，都有骷髅指纹。

“凶手特意按在茶碗盖上的，用这样的方式嘲笑我们。”

两个人瞪大眼睛互望对方。

川手庄太郎看清楚凶手在碗盖上按的骷髅指纹，觉得其目的是第三次复仇预告，自己应该当机立断。看来，复仇狂的魔爪已经伸到自己身边。

宗方博士立刻展开调查，先询问了端茶进房间的女用人，又询问了厨房里的所有用人。结果一问三不知，不知道两个茶盖上怎么会被按上指纹。

“宗方博士，按你说的办，我还是先离开这里一段时间。一看到这骷髅指纹，我浑身不舒服。现在，我已经一分钟都不愿意在这里待了。”

川手庄太郎突然做出决定。

“你这个决心下得好！其实，为实施你转移后捉拿凶手的计划，我已经准备就绪。只要你一到达安全场所，我就与凶手之间展开智慧较量，决一雌雄。我已经让你的替身待在附近，只要挂电话过去，他马上就来这里。”

宗方博士拿起房间角落桌上的电话听筒，拨通电话对接电话的人下达命令。

大约二十分钟过后，一个穿着奇怪的人走进会客室，脑袋上的鸭舌帽檐压得很低，根本就看不清楚眉毛的模样，披着无袖外衣，竖立着的衣领掩盖了脸的下半部分。

宗方博士事先吩咐过看门的寄宿生，让他一见到这样穿着的人不要有半点儿怀疑，立刻带他来会客室。

担任向导的寄宿生关上会客室门离开后，宗方博士立即锁门，拉上窗帘，使会客室光线暗淡下来。随后，宗方博士打开电灯，与进来的人叽里咕噜地说了些什么。

于是，那人脱下外套摘下帽子，朝着川手庄太郎弯腰行礼，说道：

“初次拜见，请多关照。”

川手庄太郎不由得从椅子上站起来，呆若木鸡地望着他。

咦！究竟是怎么回事？来人的体形、脸型、发型、胡子长短、身上披着的外套，以及外套上的布纽扣和贴身衬衣，竟然与自己的看上去完全相同，站在自己跟前一个劲儿地笑，就连笑也跟自己一个样。

“哈哈哈……怎么样？没必要担心了吧？现在连我也分辨不出谁是真正的川手庄太郎先生了。川手先生，他叫近藤，是我的一个朋友。我刚才介绍过了，他是柔道三段，嗜好冒险。

“哎，近藤君，你千万别出洋相！从今天起，你就是川手别墅的主人川手庄太郎。你必须待在最里面的房间，每天闭门不出，不要会见任何客人，也不要让用人接近你。

“我已经关照过你！无论你与川手先生多么相似，可细看还是有不同地方。不然的话，用人会发现那些破绽。当然，不可能让你一直在这里待下去。

“至于我刚才说的注意事项，届时我会跟用人们说清道理，让他们配合。你一定要记住，一切按我说的做，不能有半点儿闪失。”

近藤听完宗方博士的叮嘱，拍拍胸脯，表示将不折不扣执行。

“放心吧，看我的。我年轻时当过演员，演戏是我的强项。”

“真不可思议！怎么连声音也那么像我。看来，连多年跟着我的女用人可能也分辨不出。”

川手庄太郎出神地望着近藤的脸，半晌没有说话。

车上化装

片刻过后，会客室的窗帘又像原来那样被拉开了。

宗方博士跟一个用鸭舌帽和竖起的衣领遮掩整个脸的怪人，走出川手别墅的玄关。那个假川手庄太郎，则取而代之待在最里边的房间里。

与替身调换的真川手庄太郎，提着放有外套的手提箱和宗方博士一同离开别墅，乘上宗方博士预订的出租车。

“去丸内的大平大厦。”宗方博士告诉司机。

于是，车驶离路边朝目的地奔驰。

“近藤君，途中可能遇上不少麻烦和各种意外情况，千万别紧张，要放宽心，一切看我的。”他把真川手庄太郎当作近藤劝说。

“一切拜托你了！哎，博士，不是说去山梨县吗？为什么去丸内？开往山梨县的列车大概是新宿发车吧。”

“所以，我不是说过一切看我的吗！从现在开始，途中有可能发生意想不到的怪事，可你千万别慌张，因为我已经想好了避开凶手视线的对策。在去目的地的这一过程中，你会渐渐明白什么叫职业侦探。”

二十分钟过后，轿车停在大平大厦门口。

宗方博士牵着用外套和鸭舌帽遮住脸的川手庄太郎的手，迅速进入大厦。他们没有乘坐电梯上楼，而是从大厦后门溜出去的。

仔细看，后门停着一辆面包车。宗方博士拽着川手庄太郎的手大步朝那里走去，弯腰上车。

“没看见可疑人吗？”

“没看见。”司机没有转过脸。

“好，按我事先吩咐的做。”

面包车稳稳地行驶起来。宗方博士动作神速，拉上窗帘。

“近藤先生，这是甩开尾巴的最好办法。这样做，即便凶手从别墅一直跟踪我们到这里，或者说刚才那辆出租车司机是凶手一伙的，可都已经不起作用了。还有，我们的对手倘若仅仅是普通歹徒，像这样甩尾巴的手法足够了。

“可问题是凶手擅长魔法，就这点我很不放心。接下来，甩尾巴的办法是化装。司机是我的部下，你不必有丝毫担心。我们就在车里化装，做到上车和下车的模样判若两人。

“干我们侦探这一行的，必须学会化装本领，化装动作必须要快速。出于侦探这一行的需要，我们经常在车上化装。”

宗方博士在对川手庄太郎轻声解释的同时，打开事先放在车上的大箱子，取出剃须刀。

“近藤先生，现在要剃掉你嘴上的胡子，尽量做到没有川手庄太郎先生的原来模样。你不会介意吧……那好，我就失礼了！好，请把脸转过来。”

川手庄太郎佩服博士的侦查本领，任凭对方摆弄，为躲开凶手视线，剃掉胡子又算得了什么。

按宗方博士的指示，车边减速边沿着行人稀少的麦町住宅街绕圈。

窗帘完全拉上，不必担心行人窥视车里。眼下，面包车像安全的密室。

“嘿嘿嘿……剃掉了胡须，看上去像年轻人！好了，就这样吧！现在轮到剃我的胡须了。”

“什么，你也剃胡须？不可惜吗？你完全不必那样……”

“不行！一看这胡子就知道我是宗方博士。无论怎么化装，留胡子的人总会露出破绽。可我不是剃胡子，像我的胡子不剃也行，这是我特有的秘密。现在，我就只向你透露秘密。瞧，看好了哟！”

宗方博士用手指捏住鬓角，像剥皮那样胡乱地撕起来。令人吃惊的是，漂亮的三角形胡须逐渐与脸部分开。随后，一张光溜溜的脸出现在川手庄太郎的眼前。

“你大概根本就没看出我用假胡子吧？其实，我在请别人制作这副假胡子时，可以说是绞尽脑汁。一般的假胡子，绝对达不到这样逼真的效果。从某种意义上说，三角形假胡须是我的伪装。

“没有胡子的侦探，在侦查时装上假胡子的情况屡见不鲜。有胡子的侦探，反过来可以通过化装使自己变得没有胡子。这大概很难想象吧？关于这一化装法，我潜心研究了很长时间。

“许多年前，我就已经把自己的胡子伪装成这般特征，让周围的人一提起宗方博士就和三角形胡子的特征挂起钩来。我采用的，就是这种逆向思维法。哈哈……所谓侦探，一定要在让别人不知道自己真面目的方面下苦功。”

川手庄太郎蒙了，张着嘴不可思议地望着对方。

宗方博士这张年轻十多岁的光滑脸上，浮现出阴险的微笑。他从大皮箱取出化装用的衣服，放在膝盖上摊开。

“近藤先生，这是为你准备的衣服。请在这里换上，马上就可变成身着夹克衫的建筑工人。而我呢，化装成你的师傅。”

两个人在狭小的车上换起了衣服，虽说难受，但也无奈，换下的衣服被卷成一团塞到箱子里。

“好，就这样吧！近藤先生，我因为是你的师傅，说话的口气和用词都会变得粗暴起来，别不高兴哟！”

师傅宗方博士已经说完，徒弟川手庄太郎却还没反应过来，什么话也没说，只是不停地眨着眼睛。

“都准备好了，把车开往东京车站！”

司机加足马力，朝东京车站驶去。

辗转旅行

一到达东京车站，他俩提着各自的旅行箱朝站前走去。

宗方博士让川手庄太郎等候，自己去售票处买了两张去沼津的车票。

“哎，这不是去沼津的车票吗？不去山梨县了？”

“嘿嘿，我不是事先跟你有过约定吗？什么也别问，一切看我的。好了，列车马上要开了，快走吧！”

宗方博士走在头里，两个人朝检票口走去。

开往大阪的普通列车就要发车。他俩跑到站台乘上最后一节三等车厢，选择最边上的座位并肩坐下。

列车到达横滨车站的时候，快要正午时分了。

“在下一个车站时，我们要做稍有点儿危险的表演，请注意脚下！”

宗方博士嘴凑到川手庄太郎耳边说。

不一会儿，大船车站到了，列车也已经停下，可宗方博士并没有起身。

“是这里吗？”

川手庄太郎担心地问，宗方博士只是点头没有吭声。

车站上命令发车的铃声响了。嘎噔！列车启动了。

“好，下车！”

宗方博士猛地站起身来，一把抓住川手庄太郎的手大步走到后车门那里。这时，列车已经加速。只见宗方博士先从车上扔下旅行箱，接着朝站台跳去。

川手庄太郎也被拽着跳到站台上。由于列车惯性，他和宗方博士踉踉跄跄，险些倒在地上。

“到底是怎么回事？”

“对不起，让你受惊了！这是甩开跟踪尾巴的招数！凶手他做梦也不会想到我们会中途跳车。对付狡猾的凶手，一定要出其不意。但凶手不会就此罢休，因此我们还必须多长几个心眼。

“接下来，我们是返回东京。如果凶手还在刚才那辆列车上，必须在下一站下车后返回跟踪。可到那时，凶手与我们之间已经形成一站远的距离。

“因此，凶手再怎样后悔也不可能赶上我们。瞧，凑巧去东京的湘南线列车驶进站台了，快走，到对面的站台上车！”

两个人乘上湘南线列车来到横滨后，又下车换上去大官方向的国营列车。乘了一站来到东神奈川车站后，宗方博士又拽着川手庄太郎下车，乘上横滨线去八王子方向的列车。

两人在八王子车站下车后，换乘开往松本的中央线列车。这一回总算是去目的地了。由于中途多次换车花去不少时间，当列车到达甲府的时候已是黄昏。

“好了，下一站是N车站，这一回是孤注一掷使用绝技。不过，别担心，不会有半点儿危险。在N车站稍前一点儿的地方有坡道，列车为驶上坡道不得不减速。

“我们就在那里跳车，就是跳到铁轨的边上。这是最后一次冒险！你也许会觉得没有必要那么做。其实，我们跳车不仅仅是为了摆脱跟踪尾巴。你想想，尽管我们的外表化装过了，但只是剃掉胡子而已。

“认识你的人，一看见你那副模样会感到奇怪，会上前问你从哪里来，你不得不回答，一定会说出中途在哪些站下车。这时，未必隔墙无耳呀！你的回答一旦让跟踪尾巴听见可就遭殃了。

“按理说，我们应该在N车站下车，可我担心你或者我在那儿碰上熟人，因此选择中途跳车。这是遮人耳目的最佳方法。”

宗方博士把嘴凑到川手庄太郎的耳朵旁细细解释。

此刻太阳已经下山，窗外暮色浓浓，是冒险跳车的最好时机。

“哎，现在该去车门那里了，列车马上就要爬坡了。”

两个人若无其事地提着旅行箱悄悄来到后门，也真是天赐良机，既没有列车工作人员也没有乘客。

少顷，列车驶入隧道的汽笛声响了，紧接着列车时速也明显减慢下来。

咔嚓，咔嚓……传来列车引擎喘气声。车头烟囱里飞出的红色火粉，犹如婀娜多姿的焰火飞向天空。

“好了，就在这里跳！”

宗方博士的话音刚落，两只旅行箱被他扔到黑乎乎的铁轨外边。接着，宗方博士嗖地朝地面跳去，川手庄太郎也被拽着朝地面上跳去。

铁轨外面的草丛里，两只旅行箱和两个人影不停地滚动，滚到最下边旱地的时候才总算停止。

“没受伤吧？”

“没有，真没想到跳车竟这么轻松。”

“前面不远的地方有一条小路，沿那条小路走两三百米，便可来到朝右转弯的山脚下，那儿有一幢仓库式的城堡别墅。”

两个人很快从地上爬起，掸去身上沾着的泥土，提起旅行箱走了起来。片刻后，发现前面的树与树之间有灯光闪烁。

“到了，就是那里。”

“啊，原来是坐落在大山里的城堡别墅。”

不一会儿，树林里浮现出白色仓库模样的城堡建筑，孤独地矗立着。

果然是城堡别墅，有唤起人们回忆的天主阁，也有很高的围墙。

土围墙中间是庄严的大门，门前悬有吊桥。

“这里有如此城堡式的建筑，真让人不可思议。”

“怎么样？住在这里不必担惊受怕了吧？”

宗方博士说完轻声笑了，笑声里似乎充满了自信。

无名墓碑

来到仓库式城堡别墅门前，川手庄太郎被宗方博士带着见到了管理员夫妇俩。

从外表看，这对夫妻忠厚老实，亲切善良，与这样的人一起居住应该不会感到拘束。川手庄太郎觉得自己很适宜这样的环境。

宗方博士在这里住了一晚上，第二天早晨叮嘱这对夫妻无论如何要照顾好川手庄太郎，随后对川手庄太郎说：“川手先生，我要回东京去了。一心想复仇的凶手，现在还不清楚你已经与替身调包，无疑继续视你的别墅为目标。好了，我与他一决胜负的时刻到了。”

宗方博士说完就走了。

那以后的四五天里，一切平安无事。

就在川手庄太郎开始渐渐适应新生活时，没想到城堡别墅周围的气氛变得恐怖起来。

第五天深夜里，川手庄太郎猛地睁开眼睛。他听见有人说话，但一番辨别后还是不清楚声音来自哪里。

看守别墅的老夫妻俩的卧室，与川手庄太郎的卧室之间隔着一个房间。起初，他还以为是那对夫妻在说话。可仔细听，觉得声音好像是从远处传来。说话的人，不是两个，而是三四个，似乎聚集在一起交头接耳。

这幢城堡别墅有一楼和二楼，一共有近二十个房间。由于房间太多，夫妇俩打扫忙不过来，干脆只使用一楼五个房间，将其他房间的窗和门全部关上。难道，那些闲置的最里间一到深夜能有山贼偷偷聚会？

这里不通电，没有灯光。

川手庄太郎点亮枕边的蜡烛去厕所。

老夫妻在打呼噜，睡得很香。川手庄太郎沿着寒冷的走廊走着，随后走进空荡荡的厕所。

刹那间，他觉得午夜的可怕和寂静萦绕着全身，而这时突然又传来人的笑声，那是女人的笑声。

川手庄太郎吓了一跳，再也鼓不起勇气调查声音来自哪里，端着蜡烛赶紧朝卧室返回。

令他感到恐惧的是，在走廊上行走的时候好像有人与自己擦肩而过。

那家伙个头虽小，但无疑是人。如果是孩童，像那样的个头顶多四五岁，走路的速度像射出的箭，在黑暗里行走竟然不发出一点儿响声。

那家伙从川手庄太郎的袖子下边穿过，消失在黑暗里。

这天夜里，川手庄太郎的睡意被吓跑了。第二天一早，他把这件事说给老夫妻俩听，谁知他俩听了只是放声大笑，根本没把它当一回事。

第二天中午，又发生了不可思议的事情。

川手庄太郎在老夫妻俩的房间里只交谈了一会儿便回到自己卧室，发现放在壁龛里的旅行箱被挪动了位置，放在桌上的怀表表背朝上。

打那以后，这样的情况接连发生好几次。

“这幢别墅里是不是还有其他什么人？”

川手庄太郎面如土色地问老夫妻俩。

“你既然那么肯定，那就请你将整幢房子搜查一遍吧！”

老夫妻俩打开平日里门窗紧闭的那些房间，逐个搜查，结果并没发现什么可疑的东西，也没找到有人来过的痕迹。

那天晚上，川手庄太郎又惊醒似的睁开眼睛。

咦，怎么又有人在说话？还有女人的哧哧的笑声。我今晚无论如何要弄清楚说话声和笑声是怎么回事。川手庄太郎下决心后，起床蹑手蹑脚地来到廊子跟前，轻轻打开防雨门，朝着传出声音的院子里走去。

哎，也许那家伙刚离开？怎么连影子也没见着？

就在这时，一个奇怪的东西映入川手庄太郎的眼帘。斜对面建筑物高大的白墙上，射有一道犹如磷火的白光。

“咦，那是什么？”

他吃惊地重新看了一遍，圆圆的光束里好像有不计其数的蛇爬来爬去，朦朦胧胧的。

虽看不清楚究竟长得什么模样，但又像曾经在哪里见过。

唉，忘了这家伙吧！酷似许多蛇缠作一团爬行。等到看清楚后，才察觉它是被放大上千倍的指纹。

“是三个螺纹的指纹！是骷髅指纹！”

川手庄太郎莫名其妙地吼叫，吓得抱头鼠窜。

老夫妻俩起床了，冲着川手庄太郎直笑，仿佛在说，你又怎么啦?

长有三个螺纹指纹的复仇狂，按理不会来到深山老林里。

“你一定是幻觉。”

“不，我确实看见了，快搜查院子！”

老人提起灯笼走到白墙跟前，那墙上面根本就没有骷髅指纹。

第二天，川手庄太郎独自一人来到院子，在阳光下观察白墙表面，也确实没发现奇怪痕迹。

如果那是幻灯投影，幻灯机应该设置在白墙对面的小高坡上。偌大一片光线昏暗的空地上，就竖有一座石碑。

走到跟前细看，不可思议的是，仅石碑表面左下角刻有一行小字：

昭和三十年六月十三日殁

咦，昭和三十年，不就是今年吗?六月，不就是本月吗?

十三日……又是怎么回事？今天是十二日，那么明天……

这究竟意味着什么？

明天有谁死后将埋在这里，而墓地已经早早准备就绪……

川手庄太郎看着看着，突然面如土色。

这，会不会是为我建立的墓地？手上有着三个螺纹的凶手，大约已经发现我现在隐蔽的地方。凶手复仇的魔爪，也已经伸到这里。明天天亮之前，我将死于复仇狂的屠刀下？

川手庄太郎想到这里，脑袋顿时陷入混乱之中，身体摇摇欲坠，费了好大劲儿才走进住宅，一见到老夫妻俩急忙说了这件事。

老夫妻俩听了以后又是相互对视了一眼，那眼神好像在说，你这家伙又怎么啦，疑神疑鬼的。不过，还是去那里看一下吧！

在那一带找了半晌，根本就没见着什么石碑。也就过去这么一点儿时间，那么大的石碑居然不翼而飞了。

川手庄太郎无法相信眼前的事实，开始怀疑起自己的眼睛和耳朵来……再这样下去，自己一定会发疯的。

“打加急电报，请宗方博士火速来这里。”川手庄太郎想立刻向宗方博士汇报这里的情况，听听他的意见如何。根据目前的情况，自己也许最好是尽快改变隐蔽场所。

傍晚，东京发来宗方博士的回电，说是“明天去你那里”。

见到电报，川手庄太郎仿佛看到上百援兵浩浩荡荡朝这里开来，顿时信心倍增。

可最终，川手庄太郎没见到宗方博士。

不是宗方博士没来，而是川手庄太郎从这座城堡别墅销声匿迹了。

第二天早晨，老夫妻俩发现川手庄太郎床上是空的，找了大半天，整个别墅里就是没有川手庄太郎的影子。六月十三日凌晨，他悄悄地离开了这个世界。

往事再现

川手庄太郎到底怎么啦?

那天深夜，躺在床上的川手庄太郎又突然醒来，隐隐约约听见门外走廊上有伤心的抽泣声。

他点亮蜡烛轻轻地打开门观察，见走廊上有一个四五岁的孩童双手蒙住眼睛抽泣。那孩童长得面目英俊，很讨人喜欢。

无论从哪个角度看，都不像山里孩童。再看他身上的穿戴，不像现代人，像四五十年前的孩童。

“喂，喂，别哭！好孩子，你从哪里来？”

川手庄太郎抚摸着孩童的脑袋安慰，孩童用手指着走廊的黑暗深处说：“爸爸和妈妈……”

“什么？你爸爸和妈妈怎么啦？”

“他俩在那里！有一个凶狠的叔叔正在抽打他们。”

说完，孩童拽着川手庄太郎的手朝黑暗深处走去。

见是孩童拽自己的手，川手庄太郎一时间忘了危险，跟着朝那里走去。

“叔叔，就是这里。”

孩童停住脚步的地方是走廊尽头，边上有个井一样深邃的窟窿，黑乎乎的，是直接通向地窖的入口。

川手庄太郎觉得自己像在梦中，摇摇晃晃地沿着楼梯朝地窖走去。

那是十五平方米左右的地下室。

他借助烛光打量，地下室里空空的，连一件家具都没有，角落有一个奇怪的木箱。

白木制作的木箱，像狭长的棺材，表面上有毛笔书写的黑字：

川手庄太郎

昭和三十年六月十三日殁

啊，这是为安放自己尸体准备的棺材！

川手庄太郎觉得自己像是在噩梦中。

突然，他发现一直跟在自己身边的孩童不见了。咦，孩童去哪里了？

就在这时，又不知从哪里传来许多人叽叽喳喳的说话声。川手庄太郎走到声音传出的墙跟前，寻找那里是否有洞口，没想到还真找到了。

板墙上，凑巧稍高于眼睛的地方有一个孔。川手庄太郎朝着那孔打量，觉得那孔似乎在说，请把眼睛凑过来，有你要看的精彩节目。

他的眼睛不由自主地凑在孔上，朝里窥视，顿感自己的整个身体变得僵硬了，而且怎么也动弹不了。他看到了令他无法想象的奇怪情景。

墙孔那边，是十分陈旧的日本榻榻米房间，但装饰和布置很气派。壁龛前面，跪着一对双手反绑的年轻夫妇。

年轻夫妇前面，蹲着一个黑布蒙面汉，年龄四十岁左右，右手握着寒光闪闪的匕首正在威胁他俩。

他俩身上的装束与刚才那个孩童的装束相似，穿着不像现代人。望着他俩这身打扮，岁月仿佛回到四五十年前的那个年代。

“喂，快把保险箱钥匙交出来！再磨磨蹭蹭的，我就用匕首宰了你们。”

强盗模样的蒙面汉用匕首在那个丈夫脸上啪啪地拍打。

“对不起，保险箱里都是书。要说现金，只有我刚才给你的五十日元。”

“别蒙我！保险箱里放有大量的一万日元面额的纸币。这我调查得很清楚。”

“不，那不是我的钱，是别人存放在我这里的。”

“嘿，你这不是老老实实地坦白了吗？不管是什么原因放在你这里，都跟我无关。别磨磨蹭蹭的，快交出钥匙！怎么？想领教匕首的厉害吗？”

在蒙面强盗的威逼下，丈夫终于万念俱灰地交出钥匙。就在这时，丈夫好像认出蒙面强盗的真实面目，惊讶地喊道：“咦，你不是川手庄兵卫吗？”

一听到这叫声，蒙面强盗哆嗦了一下。

这时，眼睛凑在墙孔上窥视的川手庄太郎，心里比蒙面强盗更紧张。

说到川手庄兵卫，与川手庄太郎死去的父亲同名。四五十年前，川手庄太郎的父亲的打扮和年龄，跟眼前这个被称作川手庄兵卫的男子相似。

奇怪！川手庄太郎觉得眼前所看到的一切，像是历史逆转，光阴倒流，不仅看见比自己现在年龄还要年轻的父亲，还看见父亲当时居然是凶相毕露的蒙面强盗。

“哈哈哈……既然被你察觉，我也就不打算隐瞒了。对，我就是你说的那个川手庄兵卫，曾经在你岳父大人的商会里工作过。咱们话说回来，你我原先都是山本商会的一般雇员。

“可你受到山本会长先生的抬爱，娶了他女儿，不仅成为他的乘龙快婿，还摇身一变成了他的养子。我就只不过用了商会那么点儿钱，却被你那个岳父山本老家伙一脚扫地出门。

“我就为那点儿区区小事被山本吝啬鬼赶出商会，怎么也想不通，无论如何得清算这笔账。你俩听好了，我今天要杀了你们，带着你们保险柜里的万贯钱财远走高飞。”

“解聘你的事情又不是我们所为，你那样做岂不是杀害无辜吗？”

“哼！杀害无辜又怎样！我要让你们替山本还这笔欠我的

债。不那样做，难解我心中的不平。”

“所有钱全部给你，你可以不杀我们吗？希望你刀下留命，拜托了！”

“不行，必须杀了你们，否则，我一离开这里，你们肯定会立即报警，我转眼就会变成警方的通缉犯。要不了一会儿，我手里好不容易得到的钱不就成为废纸了吗？”

“不，请行行好，我们绝不说出你的名字。”

“我会相信你们的保证吗？好了，快祈祷吧！别抱有幻想了！”

“那，你一定要……”

“别啰唆！”

蒙面强盗突然将匕首刺入男子的胸口。

看到这里，川手庄太郎再也看不下去了。这对乖顺的夫妻先后遭到蒙面强盗的杀害，传来痛苦的惨叫声。一想到父亲曾经如此惨无人道，川手庄太郎再也忍耐不住了。

他发疯似的敲打起眼前的板墙来，歇斯底里地大声吼叫。

仇人相见

大约过了十五分钟。

川手庄太郎不再叫喊，又把眼睛凑到墙孔上窥视。

墙孔对面已经不再有人说话，只有趴在地上不再动弹的夫妻俩。

片刻，一个二十五六岁的女用人，一手抱着婴儿，一手牵着一个四五岁的男孩儿，上气不接下气地跑来。女用人像奶妈，那男孩儿就是刚才引诱川手庄太郎来这里的孩童，这令他感到不可思议。

“先生，夫人，快起来！先生，夫人！”

女用人摇晃那个男子的臂膀，他似乎还没断气，慢慢抬起头来：“哦，哦，奶，奶妈……”

“嗯，是我。”

“让，让，让孩子来我这里……”

奶妈拉着男孩儿的手来到男子面前坐下。

“是，是我的孩子吗？你，你，你一定要为爸爸妈妈报仇，向，向杀死我们的凶手讨还血债……杀你爸爸妈妈的……是那个叫川手庄兵卫的坏家伙……

“你千万要记住，长大一定要为我们报仇……把他们一家斩尽杀绝，斩草除根。明，明白了吗……奶妈，这孩子就拜托你了。”

说完，男子终于咽气了。

奶妈失声痛哭，接着，怀抱的婴儿也哭喊起来，就像发生火灾似的。男孩儿在一旁吓得直打哆嗦，最后也终于忍不住失声痛哭。

川手庄太郎再也忍不住了，一串串热泪夺眶而出。当他再次把眼睛凑上墙孔时，那边榻榻米房间的灯已经熄灭了，漆黑一片，既没有说话声也没有其他声音。他隐隐约约感到，黑暗中好像有什么圆滚滚的东西在朝上面飘浮，白乎乎，朦朦胧胧。看着看着，那圆滚滚的白色东西慢慢开始清晰，并且闪烁起来。

咦，那儿有许多蛇纠缠在一起。不，不是蛇，而是被放大了的三个螺纹的指纹。

“喂，川手庄太郎，你明白你父亲的所作所为了吗？我为什么要请你到这里来，为什么要复仇的原因，你明白了吧？”

不知从哪里传来恶狠狠的说话声，但声音很轻。

“我叫山本始，外祖父是山本商会的会长。你父亲川手庄兵卫因盗用公款被外祖父解聘后怀恨在心，不仅抢夺我父亲的钱财，还刺死了我的父母。

“今天，我要替他们报仇。让我父亲的仇人，也就是让你全家人从这个世界完全消失。这是我一生中唯一并且必须完成的任务。

“你的父亲川手庄兵卫杀害我父母后，不久就被警方逮捕，被检察院送上法庭，被法院判处死刑。遗憾的是，还没等到被送上绞刑架，你父亲却已经在狱中病死。

“你父亲死了，并不意味我的复仇结束。他欠下的两条人命血债，应该由你这个儿子偿还。为实现这一目标，我整整浪费了长达四十年时间，一直等到你在企业里登上董事的宝座。

“现在，我报仇的时候到了。你的两个女儿已经被我送上天国，接下来就轮到你了。”

川手庄太郎孩提时代只知道父亲不在人世，而母亲也没把这一秘密说给他听。对于父亲曾经的惨无人道以及被判死刑的污点，川手庄太郎一点儿也不清楚。

“川手先生，你呆若木鸡地在想什么？”

“我全然不知道父亲欠你们家这笔血债，今天是第一次这么听说。刚才，你是用话剧告诉我当时的情况吗？”

“是的。为了让你详细了解，我通过话剧原原本本地还原了当时的情况。我这样做，是为了让你明白我心头的恨。靠我的嘴解释，难以说清楚当时难忘的一幕。怎么样？明白我的良苦用心了吧？如果明白了，就请转过脸去！”

川手庄太郎猛地朝后转脸，只见两个彪形大汉不知什么时候已经叉开双腿站在背后。

啊，又是那两个家伙……一个是左眼蒙纱布的男子，一个是鼻梁上架墨镜的瘦小个。他俩手里都握着小型手枪，枪口瞄准川手庄太郎。

“你们想干什么？”

一名男子指着地下室角落。那里放着一口阴气沉沉的棺材。

“请你到那里面去，那上面不是写有你的大名吗？川手先生，你大概没想过你将被活埋吧？好了，现在就请你尝尝那样的滋味。你躺到棺材里，可以活着去深邃无底、暗无天日的地狱。”

川手庄太郎被这番恐怖的话吓得魂不附体，连站着的力气也消失殆尽了，全身像打摆子那样颤抖。

“救，救命！”他有气无力地叫喊起来。

“哈哈哈……再喊也是白搭。无论你怎么大喊大叫都不会有人来，因为空旷的大山里就这么一幢房子。你既然来了，就别指望活着出去。

“实话告诉你，看守这幢房子的那个老太太，不是别人，正是话剧里的那个奶妈，是她把我一手拉扯大的。那个老爷爷，也不可能与我对立。

“哈哈哈……你脸上的五官怎么走样了？如果说老夫妇是我的同伙，你一定会问宗方大侦探为什么送你到这里，哈哈哈……其实，宗方大侦探是为了满足我的复仇愿望引你进圈套的！

“我设陷阱，川手先生自动钻入。告诉你吧，三角形胡子先生，也就是宗方博士，他并不是什么大侦探，是徒有虚名的。而你的不幸，就是什么都听大侦探的。”

左眼蒙纱布的山本始，得意扬扬地解开领带，幸灾乐祸地笑着说。

川手庄太郎此刻已明白，自己再怎么喊也不会有人前来救助，由于恐惧，本能地大声叫喊，可自己也弄不清到底在喊叫什么。

“喂，你这叫声太难听了！快停止叫喊！我让你别出声……好，你不听，我有办法让你不叫唤。”

左眼蒙纱布的山本始来到川手庄太郎背后，左手掐住他的喉咙，右手捂住他的嘴巴。于是，川手庄太郎不再吱声。

小个男子拿来一根长长的细绳，将川手庄太郎的手脚和身体捆起来。

“好，你抓住他的脚把他放入棺材！”

两个人硬是把川手庄太郎装进棺材里。

“嗯，盖棺材盖！等一等，哎，在这之前，我有一件事说给川手庄太郎听……喂，你可能知道也可能不知道，跟川手庄兵卫有血缘关系的还有一个人。但你可能不曾见过，那是你的妹妹，她将紧跟着你去天国。

“还有一件事要告诉你，这个小个男子不是男的，而是女的，就是你刚才看见的那个被奶妈抱在怀里的女婴。她现在长大成人了，帮哥哥报仇。”

女扮男装的小个子，把脸凑到川手庄太郎跟前，取下墨镜：“呵呵呵……你明白了吗？哎，哥哥，我终于解恨了，心里舒服多了。快动手吧，把盖子盖上，钉上铁钉！”

兄妹俩都是复仇狂，用铁锤敲打着一颗颗铁钉，把盖子钉死。

结束之后，兄妹俩抬着棺材朝地下室外面走去。那里是一片空地，周围是茂密的树林。记得川手庄太郎昨天曾经来过那里，并发现竖有一座新的墓碑。

可后来再来这里的时候，墓碑又不见了。现在，这里有一个像墓穴似的大坑，不知是谁挖的，张着通往地狱的黑乎乎的大嘴。

他俩借助微弱的蜡烛光，将棺材滚落到墓穴底，接着手握扔在那里的锄头和铁锹，将挖出的土还原到墓穴里，等到完全填满后，用脚将松软的泥土踩结实。

从天而降

川手庄太郎被活埋的第二天下午，东京多摩川里有两个年轻人正在划船。沐浴着秋天阳光的水面上，泛着耀眼的银光。

这两个年轻人，一个叫林良夫，是银座黑蔷薇花咖啡馆里爱好侦探推理的服务生；另一个叫冈野大助，是林良夫的好朋友，是丸内某大厦的电梯服务生。

今天他俩都休息，已经长时间没聚在一起了。

木岛凶杀案发生的当时，宗方博士的助手小池曾去黑蔷薇花咖啡馆了解情况，该店服务生林良夫非常热心，提供了可疑墨镜男子的详细情况。他不仅工作认真，还是超级侦探迷。

冈野大助慢慢划着桨，正要让船从大桥下通过的时候，忽然从上面掉下一样东西，朝着正聊得起劲儿的他俩飞来，碰上林良夫挨着船舷的右腿膝盖，随后滚落到船中间。

“咦？一定是谁扔的！”

林良夫不由得大声喊道，并抬头扫视桥上。按理说，东西不会从天而降。

他们发现，有一辆轿车正飞似的朝着涩谷方向奔驰，扬起漫天的灰尘。从大桥上经过的，除这辆轿车外没有其他车辆和行人。

“是那辆轿车！东西是从那里面扔出的，不知道是什么……”

林良夫看了一眼那辆急驶而去的轿车，一边揉着膝盖一边说。

“很疼吧？伤着骨头了吗？”好友冈野大助关切地问。

“嗯，没什么。这辆轿车一定没想到这时大桥下居然有船！应该说，从那辆车上是看不到我们的。”

“那倒也是。这家伙冒冒失失！瞧这东西，看上去好像有一定重量，还用细绳捆扎得整整齐齐的。”

冈野大助停下手中的桨，拾起滚落在船上的东西。那东西像肥皂盒那么大小，裹着好几层纸，细绳呈十字形。

“解开看看！”

林良夫作为侦探迷的好奇心似乎受到了强刺激，一把夺过冈野大助手里的小包。

“别动，别动，还是扔掉吧！看外表不是什么重要东西。”冈野大助说。

“嗯，如果这里面有什么重要东西，扔掉它那就太可惜了。这东西包扎得这么仔细，还有一定重量，也许是什么宝石

吧？可能是小偷盗走宝石后害怕带在身上被人发现，干脆把它扔到河里。像这样的情况，我时常听人说起。”

“别太贪，这种事情怎么可能？”

“嗯，你想，如果一文不值，为什么要包扎得这么严实？还是打开看一下吧！不会是什么小型炸弹吧？”

林良夫把纸包放在船板上，弯下腰解开绳结，拆除报纸。

“瞧！果然不是什么废物！是纯锡的首饰盒，沉甸甸的。哦，我明白了，这盒子像铁锚那样起沉底作用，不让盒里的东西浮出以及被水冲走。看来，盒里有重要东西。说不定还是什么秘密！如果推理是对的，那我就有事做了。”

“别动它，也许是让人恶心的东西！”

“不，像这样扔东西，无疑是害怕暴露。”

林良夫谨慎地打开盒盖。

“好像是一块手绢。”

林良夫用大拇指和食指抓住手绢一端，拉到盒子外面。

“喂，别动它，或者扔掉或者把它交给警方。”

冈野大助的极力劝阻和建议，林良夫并没采纳，而是将手绢全部摊开。手绢上的鲜血已经变黑，手绢里弯曲着一个瘦长的东西。

“手指！”两个人异口同声地叫了起来。

“这是女人手指！被切断的部位，凑巧是手指与手掌连接的地方。”林良夫压低嗓音嘟哝。

“为什么要把割下的手指扔到河里呢？这里肯定有什么原因吧？嗯，这是犯罪……这分明是一起凶杀案！”

“赶快报警吧！”

“不，等一等！交给警方倒不如交给其他人。”

“谁？谁？”

“小林芳雄和明智小五郎。”

“噢，那倒是一个好办法。”

“我们现在就去那里。”

林良夫的脑海里，浮现出大侦探明智小五郎和助手小林芳雄来。他俩将船靠岸后，三步并作两步地朝麻布的明智侦探事务所走去。

梦想成真

见到小林芳雄，林良夫赶紧向他说起今天遇到的情况。

“上面确实有血腥味，可以肯定地说是一起大案。我真想介入此案，可事不凑巧先生去了美国，我现在的任务是留守事务所，没有先生的许可我不能接受任何案件的委托。”小林芳雄不无遗憾地说。

“唉！明智先生不在日本，真伤脑筋！怎么办呢？”林良夫失望地问道。

“是啊，那，你看这主意好吗？既然先生不在家，你们不妨去宗方博士那里，他是博士，应该没有解不开的谜。”

小林芳雄说，他俩点头表示同意，立即去坐落在丸内的宗方研究室。

宗方博士非常高兴地接待了这两个年轻人。

林良夫端详着宗方博士，觉得三角胡是侦查智慧的象征，崇敬的心情油然而生。他把事情经过详细说了一遍，递上那只用报纸包裹的小锡盒。

宗方博士彬彬有礼地接过小锡盒，从里面取出用手绢裹着的那节惨不忍睹的手指，仔细打量起来。刹那间，他的眼睛里闪射出兴奋的目光。

“哦，哦，你俩可立大功了！这是一起大案！”

“什么？你说什么？”

“嗯，这将成为我正在全力以赴侦查的那起大案的重要证据！谢谢你俩送到我这里来，我要发奖金给你俩。”

“是吗？它能成为重要证据吗？”

“我立即与警视厅联络。好，有了这重要证据，那起棘手大案就有新的转机了。”

林良夫无法理解宗方博士这些话的意思，可从心底里为自己的重大发现感到自豪。他曾经想过许多，决定趁此机会向宗方博士叙述自己的想法。

“其实，我有事拜托先生。”

“什么事？”

“先生，你能不能接纳我成为你的助手？我非常喜欢侦探这一行，可以说是我梦寐以求的职业。”

宗方博士紧盯着林良夫的脸，思考了片刻。

“好吧，我这里也正需要一个助手，原先有过两名年轻助手，结果都遭到了不幸，先后被残忍的凶徒杀害。侦探这行业时刻面临着生命危险，你不觉得怕吗？”

“我不在乎那样的危险，可以说不管什么危险我都不怕。”

“啊，你还真有勇气，可光靠勇气是当不了侦探的。一见到你这张脸，就觉得充满了聪明和机智。这样吧，我先考你一下，这是一个简单测试。”

宗方博士摊开一张大纸，把它放在林良夫的面前，只见纸上画有各种动物和鸟。可细看，则是收音机、电视机和洗衣机等家用电器，还有帽子、手表和女式袜子等各种用品，排列得乱七八糟的。

“请你一直看着那里！”

林良夫瞪大两眼目不转睛地看着那张奇怪的纸。

“好，三十秒钟过去了。”

宗方博士一直看着手表上的时间，敏捷地将纸折叠起来。

“你凭记忆说说纸上有哪些东西！”

“哦，哦……狮子、猩猩、锦蛇、羚羊……”

林良夫顺口溜似的说到第三十个的时候，接着说不清楚了，结结巴巴起来。

“还有……戒指、烟盒、烟斗……”

他边拼命地回忆边不停地说着，终于说不上来。

“就这些，其他记不住了。”

“啊，佩服、佩服，你一共说出五十八个。那张纸上总共画有一百多个东西，但三十秒钟时间里记不住七十个以上，就当不了侦探。不过，那需要经过一定时间的训练。通常，一般人三十个都记不住，能记住五十八个，说明你还是具备了当侦探的准确观察事物的能力。也就是说，你具有侦探素质。”

“原来有这种说法，那，你同意我当助手了？”

“是的，恭喜你合格了。可你不是还在黑蔷薇花咖啡馆工作吗？”

“没关系，我立刻辞职。”

“你决定了？那好，我付助手工资给你。从明天起，早晨九点上班。”

就这样，年轻的林良夫想当侦探的夙愿终于实现了，对他来说完全出乎意料。宗方博士在东京一带是赫赫有名的大侦探，林良夫为自己能成为大侦探助手而感到无比自豪和欣喜若狂。

发现线索

第二天早晨，警视厅中村警长突然决定拜访宗方博士，于是坐车来到坐落在丸内的宗方研究室。

宗方博士一看见中村警长就说："哦，你来得正是时候，其实，我正准备去你那里呢！"

"哦，真的吗？那，发现什么重要线索了……"

"是的。你先请坐下，有许多重大情况要向你报告。不用说，是关于那个三个螺纹的骷髅指纹。"

"到底发现了什么新情况？"

"唉，从哪里说好呢？我报告的重大情况里有两件事重叠在一块，为此我大吃一惊。还是按顺序说吧……有一个情况是川手庄太郎下落不明……"

"什么，下落不明？"

“是的。这事我有责任，实在对不起。前些天我曾对你说过，要把川手庄太郎送到甲府附近山里的一户人家隐蔽起来。护送他的一路上，我是慎之又慎把他送到那里，没想到会出现这样的结果，这让我怎么也想不通。

“三天前，我接到川手庄太郎打来的加急电报，可那天我由于另一起案件怎么也脱不开身，不得不推迟了一天。也就是前天下午，我好不容易抽出时间去了那里。

“在那儿我没见到川手庄太郎，那对居住在别墅里的留守夫妻也急得不知如何是好。听他们说，从早晨起就一直没见到川手庄太郎。

“我仔细调查了现场，发现川手庄太郎的衣服都在，唯独少了睡衣。也就是说，他失踪时身上穿着睡衣。无疑是被什么人绑架了。我猜想，绑架他的家伙没准就是那个手指上有骷髅指纹的凶手。

“我立即借助当地警署和青年们的力量，像上山打猎那样联合搜索了那一带。前天夜里，也就是我回来之前，仍没发现任何线索。接着又在附近车站一带进行排查，还是没发现可疑人物。

“假若有这样的人物，车站上的工作人员不一定能发现。于是，我昨天早晨先回到东京。下午一到事务所，没想到东京也发生了一起令人发指的大案。”

“什么，什么案件？”中村警长向前探出上身问道。

宗方博士按了一下呼唤铃。

门开了，只见年轻的侦探助手林良夫走了进来。

“这是我新招聘的助手，叫林良夫。请先认识一下，这位警官是警视厅的中村警长。”

宗方博士把林良夫介绍给中村警长，林良夫向中村警长鞠躬行礼。

宗方博士报告了林良夫昨天在多摩川拾到小锡盒的事情经过。

“哦，照这么说，一定是有人把这个盒子扔进了多摩川里。哎，盒子表面很整洁，里面到底有什么东西呀？”

“放有令人毛骨悚然的东西，你如果不信还是打开看一下吧！”

宗方博士把小盒子递到中村警长跟前。

中村警长打开盒子小心翼翼地取出里面的东西。这位刑事警察出身的警官尽管没有惊慌失措，可脸上表情很紧张。

“好像是女性手指。”

“我也这么认为，但也不能说一定就是女性手指，也有可能是男性手指。不知为什么，这手指给我一种感觉，川手庄太郎已经不在这个世上。”

“为什么这样说？你可能觉得手指是川手庄太郎的吧？”

“不是那么回事。这里有放大镜，请你仔细观察手指。”

中村警长把放大镜放在手指上，认真观察起来。

“咦，这指纹？”

“是三个螺纹的骷髅指纹吧？这跟以前看到的完全一样。”

“照这么说……”

“这是凶手的手指，很有可能是凶手割下自己手指让它沉入多摩川河底的。凶手之所以这样做，显然是为了销毁证据。凶手深信，只要没了长有骷髅指纹的手指就可逍遥法外。

“在这起案件中，就我们掌握的凶手情况来看，仅限于三个螺纹的骷髅指纹。一旦找不到长有这样指纹的手指，那我们抓凶手的线索就永远消失了。

“凶手恐吓和折磨川手庄太郎，曾巧妙利用这只骷髅指纹的手指。现在凶手把这手指扔了，显然已不再需要。不用说，其目的主要是毁灭犯罪证据。

“也可这么说，凶手已经达到他想复仇的目的。我之所以推测川手庄太郎已经被害，就是依据这只被扔弃的手指。”

“哦，原来你是如此分析思考的。凶手达到目的后，觉得这只手指已经没有必要继续留下，相反还是累赘……嗯，有道理，有道理，我赞同。”

“另外，我们必须研究这些偶然得到的物证，细绳、旧报纸和手绢等。这些证据，具有非常重要的价值。”

“还有什么新线索？像这样的盒子不是什么高档材质，一般商店里都能买到。”

“根据这些物证，我们可以顺藤摸瓜找到凶手的贼窝。”

“什么？凶手的贼窝？”

“是的。首先是这块手绢，布满了血迹，难以引人注意，但请你仔细看这角落，有用红色丝线缝制的罗马字母，像是单词的首字母。如果不在有亮光的地方看，很难看清楚。”

中村警长把手绢拿在手里，借助窗户射入房间的光线仔细察看。

“还真有这么回事，好像是RK。”

“是的。凶手就是那个叫RK的人物！也许是冒名顶替，但它曾经是凶手用过的手绢。这点绝对不会错！”

“可在偌大的东京都内，叫RK的人有成千上万。要想找到叫RK的手绢主人，等于大海里捞针，太困难了。”

“你说的没错。不过，我已经准备好了可以从这无数叫RK的人中间找到凶手。就是这里！请看这张报纸，一共有五张，整整齐齐的。其中四张是《朝日新闻》，另一张是《音乐新闻》。

“五张报纸中间仅一张不同，这究竟意味着什么呢？我们都知道《音乐新闻》的发行量不大，虽说在车站和街头的报摊都能买到，但由于它主要面向那些与音乐有关的读者。因此，通常是由报社直接送到订户家中。

“为此，我用放大镜仔细观察这张《音乐新闻》上是否有邮局的送报标记邮戳。你瞧，这上面有清楚的邮局标记邮戳，虽说很小，但上面有撕下外包装纸的痕迹。

“由此可见，凶手是在自己家里割断手指的，而这些报纸正是他家的。我这推测不会有错吧？就说《朝日新闻》吧，都是昨天和前天的日报，而《音乐新闻》却是上周星期日发行的报纸，是距今天最近的报纸。

“怎么样？这张《音乐新闻》给我们留下一条非常重要的线索。由于凶手打算把手指永远沉在河底，因而根本没注意手绢上有用丝线缝制的RK的罗马字母，也压根儿没想到报纸会留下线索。”

“哦，你原来是这样推理的。我明白了，只要查阅《音乐新闻》的订户名单，就能找到那个叫RK的家伙。”

“是的。像这一类报纸的订户中间，叫RK的人不会很多，可以从中找到这样的人。请由你们警方去该报社调查，用不了几个小时就能找到RK这个人的居住地。”

“这主意太好了！我似乎感觉眼前亮了起来。我现在就安排人去报社调查，结果出来后立刻告诉你。哎！我得赶紧回警视厅布置，对不起，告辞了！”

中村警长说完，匆匆离开事务所。

北园龙子

那天下午三点左右，宗方博士接到中村警长打来的电话。

“那家伙的住所查清楚了，住青山高树町十七号，叫北园龙子。我现在就去那里，你可以和我一起去吗？”

“北园龙子？哦，果然是女的，名字的罗马字首字母是RK吗？”

“是的，不过，遗憾的是那人昨天搬家了，房子里空空的，详细情况等跟你见面时再谈。”

宗方博士挂断电话后立刻坐车去了青山高树町。

那是一幢空着的楼房，面积不大，被两边的大型住宅和普通住宅夹在中间。

“哎，我在这里等你呢，请进来！我找到那个昨天被解雇的老用人，打算问她一些问题。”

中村警长从空楼房里出来，走在前头为宗方博士带路。

房间里坐着一位六十岁左右的小个老妇人。

老妇人叫阿里，询问后的结果大致如下：

女主人叫北园龙子，年龄大约三十七岁。其实，从外表只能看出三十岁左右。几年前，她与丈夫离婚，没有孩子，也没有亲戚，独自一人住在这里。她在这里居住期间，教附近孩子弹钢琴。

前些天，她说要回老家静冈县居住，先是变卖钢琴和家具，后是辞退在她家当了一年保姆的阿里。

北园龙子究竟去哪里，老用人阿里说不上来。

“嗯，这个叫北园龙子的，难道连一个朋友和亲人也没有吗？”

中村警长问阿里，老妇人想了半天说：“有一个，常来这里。那人到底住哪里，叫什么名字，我不清楚。这人看上去四十五六岁光景，高个头，大腹便便，有绅士气派。”

“哦，老人家，您如果现在见到这男子能认出来吗？”

“我能认出来。”

“女主人经常出门吗？”

“是的，经常出门去很远的朋友家，住在那里晚上也不回来。”

听到这一情况，中村警长和宗方博士不由得对视一眼。如果北园龙子的外出日子与几起凶杀案发生的日期一致，就可以把她视作犯罪嫌疑人。

为此，中村警长又向老妇人进一步提问，老妇人极力回忆北园龙子不在家的那些日子。结果，几起案件的案发日和被视为行凶前的准备日，北园龙子确实外出不在家。

接着，警视厅派技术鉴定科的警官在住宅所有地方提取指纹。如窗玻璃和门把手等，以及洗漱室白色瓷器表面，技术警官们取到好几个指纹，其中有一个是三个螺纹的骷髅指纹，非常清晰。

终于，恶性案件的调查有了进展，凶手也开始浮出水面。用人阿里说的那个四十五六岁的绅士，也许就是主犯北园龙子的同伙。

片刻过后，根据中村警长的命令，几个去附近商店调查的刑事侦查警官回来了。在他们的汇报当中，发现有一个很特别的现象。这是食品店推销员提供的情况。

“前天傍晚，我上门问女主人订购什么食品，女主人亲自到厨房门口接待我，要我连夜为她送食品，数量和名称也很奇怪。”

“哦，订货内容奇怪吗？”

“是的，确实让我感到惊诧。她要我送五个牛肉罐头和五个福神牌腌制罐头，而且都是要大号罐头，还要我去面包房为她购买十斤面包。她要求我备齐这些货物后送到她家。

“我问她订那么多干什么。女主人朝我狠狠瞪了一眼，关照我别多问，还给我许多小费，再三叮嘱我不要告诉别人她订了这么多货。”

“那，你把她需要的那么多货送来了吗？”

“送来了，我是深夜悄悄给她送的。因为女主人一再关照不要让别人看到。送到她家的时候，没有见到那老用人，是女主人亲自验收的。”

这到底意味着什么？

第二天搬家，第一天晚上却买十斤面包和十个大罐装食品。也许是把罐头和面包带回家送亲朋好友？或许是去远离城市的山里隐居一段时间？

凶手，面包，罐头，这是奇怪而又特别的组合。

那天的调查和讯问，食品推销员提供的情况最有价值。

少顷，中村警长和宗方博士乘坐同一辆轿车离开北园龙子的住宅。

“我总觉得这起案件不同寻常，尤其嫌疑人购面包和罐头的动机还没弄清楚。另外，真相不明的凶手似乎还有别的什么不可告人的阴谋。”

中村警长说到这里叹了一口气，继续说：“凶手还有别的什么阴谋？是啊，我一直有这样的预感。有三个螺纹骷髅指纹的人居然是女的，实在是出乎我的意料。对此，你是怎么想的？”

“这一系列连续凶杀案，可能都是女人干的，而且是同一个女人！可我们只知道嫌犯是左眼蒙纱布的高个男子和戴墨镜的小个男子。我现在是这么设想的，戴墨镜小个男子可能就是北园龙子。你说呢？”

中村警长听宗方博士这么一说，猛地抬起头来，两眼紧盯着他。

夜幕行动

那以后两天过去了。

北园龙子的行踪丝毫没有线索。宗方博士经常接到来自中村警长的电话，向他了解侦查工作进展情况。由于没有进展，宗方博士一直是愁眉苦脸，一筹莫展。

下午五点，如果在平时应该是事务所下班的时间。可这天已经晚上八点了，宗方博士还是没有回家，独自一人在实验室里苦苦思索。

“林君，你过来一下！”

宗方博士突然呼叫新助手林良夫。林良夫自担任博士的侦探助手以来，对这起案件的情况已经大致清楚，早就希望自己能做点儿什么，为博士分担忧愁。此刻，一听到喊声立刻应答，随即推门走进实验室。

“你跟我一起出门，就是现在，是一次夜幕下的冒险行动。如果顺利，我们可以立大功。”

“什么？夜幕下的冒险行动？那，我们现在去哪里？”

“去北园龙子的家。我俩悄悄潜入住宅，一直埋伏到天亮。”

“你是说那间空房子里有可疑情况？不会出现幽灵吧？”

“嗯，也许有幽灵出来。我就是等它出来。”

助手林良夫听着这番似乎是玩笑的话，却觉得宗方博士的侦查智慧实在高超，对于自己被命令与他同行更是喜不自禁。

他俩提着装有葡萄酒和三明治的小包，坐上轿车出发了。晚上九点半左右，他们到达北园龙子住宅稍前面一点儿的地方，在那里下车。接着，他俩又悄悄潜入厨房门口。宗方博士从袋里取出钥匙打开门锁，两个人推门走进漆黑的房子里。那模样，犹如两个盗贼。

“林君，就在这里脱鞋子吧！在我没说‘可以’之前千万别出声！听明白了吗？不要发出任何响声。”

宗方博士把嘴凑到林良夫耳边，轻声叮嘱。

林良夫跟着宗方博士走进榻榻米房间，宗方博士把手搭在他肩膀上示意坐下。林良夫点点头后坐在他旁边，屏住呼吸环视漆黑的四周。须臾，随着眼睛慢慢习惯黑暗，周围情况变得比刚才清晰，但还是模模糊糊的。

就这样大约过了二十分钟，林良夫尽管一再被关照不准说话，可嘴还是不停嚅动着想说话。他实在忍耐不住了。

他把嘴凑到宗方博士耳边，像蚊子似的轻轻说道：“先生，我们在这里到底等什么？像这样的空房子里不会有情况的。”

“我们是在等幽灵出来，千万别说话！如果发出响声就会打草惊蛇，等待我们的只能是前功尽弃。”

宗方博士也把嘴凑到林良夫耳边，轻声回答他。

忽然，林良夫觉得背部凉飕飕的。

也许幽灵真的出来了？先生说的幽灵到底是指什么？咦，手臂上好像被什么东西触摸了一下。他惊讶地转过脸朝旁边看，原来是宗方博士朝他递来三明治的手。不知什么时候，宗方博士已经狼吞虎咽地吃起三明治。

林良夫虽接过三明治，可心里一直担心幽灵出来，没心思吃三明治。就这样，又等了一个多小时。这一个多小时，他觉得比十个小时还要漫长。

猛然觉得脑袋上方有人走路的声音，好像有人在黑暗的二楼里走动。他满腹狐疑。紧接着，楼梯那里传来响声。

好像是什么人踮起脚尖在朝楼下走。

少顷，眼前浮现出人的黑影，他连忙屏住呼吸观察。黑影似乎并不知道他俩坐在黑暗里，飞也似的在他俩面前经过，转眼消失在前面榻榻米房间外面的廊子那里。

吱！传来门被推开的声音，那是廊子角落洗手间的门。

“先生，那是什么人？”

林良夫把嘴凑在宗方博士耳朵上问。

“不知道，但模样已经大致看清楚了。哎，刚才那家伙好像是身着黑色西装，一身男人装束。不用说，这个女的经常是女扮男装。”

“把她抓起来好吗？”

“不，观察一下再说，反正已经是囊中之物了。”

吱！又传来门被推开的声音，黑影回来了。黑影一走进榻榻米房间，好像猛然察觉到什么，即刻停住脚步。那眼睛，好像透过黑暗紧盯着他俩。

“啊！”

黑影轻声喊道，像一阵风似的朝楼上奔跑，响起咚咚咚的脚步声。

“她察觉自己被发现了！没关系，她已经跑不了啦！走，上楼去！”

宗方博士从包里取出两支手电，其中一支递给林良夫，按亮开关后走在头里。

紧追不舍

走上楼梯后，才知道二楼就两个房间，里面什么家具也没有，一眼就可以把整个房间看得清清楚楚。

“咦！奇怪！房间里怎么没人？那家伙去哪里了？这二楼又没其他可以藏人的地方，大概像幽灵那样消失了？”林良夫暗自嘀咕。

就在他感到困惑不解时，又猛然觉得背部凉飕飕的。莫非，真遇上幽灵了？

“嘘！安静！那家伙在靠耳朵分辨动静。”

宗方博士轻轻的说话声，着实让林良夫吓了一跳。

“那家伙藏在哪里？”

林良夫着急地问，于是宗方博士用手电灯光照亮天花板。

“什么？藏在上面？”

“是的！她已经无路可逃。”

宗方博士用手电灯光检查了壁橱里的天花板，他抓住林良夫的胳膊，嘴凑在他的耳朵上说：“嫌犯就在上面！瞧，这上面的天花板有被移动过的迹象。林君，你有勇气抓她吗？”

林良夫觉得说没有勇气是一种耻辱。

“先生，我上去核实情况，你就在这里等我！如果对手难以对付，我一喊，你可得上来帮我一把哟！”

“行！你用不着抓对手，只要弄清楚那人否在上面就可以了。剩下抓嫌犯的事情，就拜托警方吧。”

林良夫脱去上装，尽量不弄出响声，轻轻将天花板移到旁边，而后朝满是灰尘的天花板夹层里爬去。以前，他爬过自己家的天花板夹层，对夹层里的结构情况比较清楚。

他故意关闭手电灯光，在沾满灰尘和布满蜘蛛网的夹层里不停地朝里爬着。他想让宗方博士知道自己并不是胆小鬼，可当他一想到黑暗深处藏着幽灵般身份不明的嫌犯时，不由得战战兢兢起来。

林良夫侧耳倾听，尽管听见呼呼的喘气声，却不知道声音是从哪里传出来的。他打开手电灯光，朝着可能是声音传出的方向照过去。只见手电光束里，有一个装束奇怪的人蜷缩在那里。

那人身着陈旧的黑色西服，竖起的衣领遮着脸的两侧，头戴压住眉毛的黑色鸭舌帽，帽檐下边是反光的眼镜。

看上去，这家伙身材瘦小，没多大力气。林良夫确认对方明显弱于自己后，顿时勇气倍增。而对方在耀眼的手电灯光照射下，犹如受惊的小兔子，浑身直打哆嗦。

“这嫌犯怎么如此弱小？好，抓住他，我就可立功了？”

林良夫浑身是胆，迅速地朝那里爬去。

距离越来越近……当两张脸间隔只剩一米左右的时候，对方还是没有动弹，眼睛里似乎流露出乞求的目光。

眼下可不是发善心的时候，也不是犹豫不决的时候。林良夫猛地伸长手臂，使劲儿抓住对方手腕。

没想到对方瞪大眼睛，凶相毕露。这个看似身体纤弱的对手，居然使出出人意料的力气，而且动作十分迅速，挣脱林良夫的手后夺路就逃。

“浑蛋，我怎么能让你逃走呢！”

林良夫不顾一切地扑上去。

天花板不时传出嘎嘎啦啦眼看就要断裂的响声。突然，对手不见了。再仔细看，发现脑袋上方的屋顶那里悬挂着两条腿。林良夫赶紧朝两条腿靠近。

这时，两条腿“嗖”地朝屋顶上升的同时，还狠狠朝林良夫脸部踢来。

林良夫“啊”地惨叫一声，倒在天花板夹层的地上。

原来，屋顶上有方孔。黑影是从方孔逃到了屋顶外侧。林良夫顺着方孔朝上仰望，是满天闪烁的星星。

嘎嗒、嘎嗒……传来脚踩瓦的响声。

“先生，快到外面去！他逃到屋顶上去了。”

听到林良夫的叫喊声，宗方博士赶紧下楼，从后门朝黑夜笼罩的路上跑去。为尽量不让黑影察觉自己，他隐蔽在屏障背后观察屋顶上的情况。黑影沿着下水管从二楼屋顶下到一楼屋

顶，探出脸来观察下边和周围的情况。

已经夜里十一点了，鸦雀无声的住宅街上没有行人。这时，二楼屋顶上又出现人影，可那不是别人，是从方孔爬到屋顶上的林良夫。

黑影听到上边屋顶有踩动瓦片的声音，猛然抬起头仰望，随后奋不顾身地朝地面跳去。这一跳，黑影仿佛大块煤炭朝下滚落，凑巧摔倒在宗方博士眼前的路上。黑影没有停下来，而是一骨碌爬起来朝前面狂奔。

宗方博士立即追了上去。此时此刻，他如果追上去抓住黑影，完全没问题，可不知何故没那样做，而是不紧不慢地始终与黑影保持一定距离，似乎想弄清楚黑影逃往何处。

黑影奔跑了大约一公里，好像体力不支，速度逐渐减慢。这时，前面出现了神社周围的树林。只见黑影钻进树林后闯入神社内，一骨碌躲到神社殿堂高高的地板下边。

宗方博士蹑手蹑脚地靠近那里，尽量不让对方察觉自己。猛然间，他亮起手电将灯光对准蜷缩在地板下边的黑影。

"哈哈哈……你终于被我逼到地板下边了！北园龙子，你是北园龙子吧？"

出人意料的是，黑影是女扮男装的。

宗方博士紧盯着对方的表情。

心照不宣

“是谁？你是谁？”

女人哭丧着脸。这个草菅人命的杀人女魔，表现得居然如此胆战心惊，实在是不可思议。

“你问我是谁吗？我就是大侦探宗方博士，为了抓获手上有骷髅指纹的杀人凶手，长时间在外奔波。不用说，你也应该清楚我是什么人。”

女人浑身哆嗦，没有回答。

“嗯，说心里话，我确实佩服你的周旋手段。这么多年，我与各种对手打过交道，可还是头一回与你这种擅长魔术的凶手打交道。”

“不对，我不是凶手！你肯定什么地方弄错了。我什么都不知道，这背后有阴谋，肯定是真正的凶手在耍弄阴谋嫁祸于人。”

女扮男装的北园龙子气急败坏地大声嚷嚷。

“哈哈哈……别装疯卖傻了！我什么都知道。如果你没犯罪，为什么要东躲西藏？你把住宅伪造成搬家后人去楼空的假象，其实是藏在天花板夹层里。

“如果你不是凶手，为什么要这样做。仅凭这一点，足可证明你就是连续凶杀案的凶手。你大概不知道我已经识破你躲在天花板夹层的诡计吧，我不是歪打正着，而是因为你购买了那么多食品。

“你让食品推销员购买十斤面包和十个大罐头，这你不会忘吧？如果真是搬家，有必要购买那么多食品吗？其实，你是想在天花板夹层隐居一段时间，制造你已经远走高飞的假象。

“我的推理没错吧？我是对你的突然搬迁仔细分析后找到这疑点的。你故意把家弄成人去楼空的模样，但第六感觉告诉我这是你故意设置的圈套。今天晚上的伏击，证实我的推理是正确的。”

“大侦探，我这样做是出于无奈。虽说看上去是制造假象，可我与犯罪绝对无关。”

北园龙子后悔莫及，眼泪扑簌扑簌地朝地面掉落。

“哈哈哈……你这种驴唇不对马嘴的解释，休想在我这里蒙混过关。你说你这样做是出于无奈，那我问你，到底是什么无奈？”

“唉，说了也没用。我即便有充分理由，你们警方也不会相信。我所说的无奈，是我受到了无端的怀疑。我的最大不幸，就是因为我手上有让警方怀疑的三螺指纹。”

“你是说，你尽管长着骷髅指纹，但并没有杀过人犯过罪。你是说凶手不是你，是其他什么人？”

“是的，我没有杀人，只因为食指上长有三个螺。瞧！就是长在这上面的。”

她猛地伸出左手，由于缠着纱布看不见伤口，但食指部位那里的凹陷十分明显。

“我是后来听说的，凶手在现场留下三螺指纹。这消息，我还是十天前才知道的。过去，我一直不知道自己的食指上也有三个螺纹。真是做梦也没想到，这样的指纹竟然被怀疑与罪犯有关。

“我前些天看到报上刊登的凶手指纹照片。那照片，我也是不经意间看到的。唉，太可怕了！没想到凶手指纹与我的一模一样。

“大侦探，请想象一下我当时的糟糕心情！可以这么说，我就像被冷不防推入万丈深渊那样。我也清楚，大千世界有几十亿人口，而指纹长得相同的几乎没有。”

“于是，你为了逃避怀疑而狠心砍掉了自己的食指，还把它扔到多摩川里。你这样做，更让人感到可疑。你如果真想不起来自己犯过罪，也不必砍掉食指呀！你只要能说清楚案发时间不在现场，能说出证明你不在现场的证人，不就能在警方面前过关吗？”

女人听宗方博士这么一说，眼泪又哗哗流淌起来。

“是啊，如果能像那样说清楚，我就可以不受怀疑了。所谓不在案发现场这种专业用语，我曾经在侦探小说里读到过，知道它意味着什么。

“我特地找来案发时的旧报纸，翻阅这些连续凶杀案件的具体时间。从第一起凶杀案到最近发生的凶杀案，查阅结果让我惊讶得险些窒息，案发日与我外出日完全一致。再说，我也根本无法找到证明案发日我不在现场的证人。

“这一连串凶杀案发生的时候，我都不在家，都是外出，而且每次外出不是一两个小时，至少半天，有时甚至是整整一个晚上不在家。说是外出，也不是拜访朋友家，而是与朋友在外面散步。”

“那，你请这位朋友证明不就行了吗？”

“这朋友突然下落不明，也不知去哪里了。”

“你这么说，即便被认定撒谎也无可厚非，你就是浑身是嘴也难以辩解。这起连续凶杀案里，经常出现一个与你同样女扮男装的犯罪嫌疑人。据说她身边有左眼蒙纱布的高个男子。你刚才说的那个朋友，是那模样吧？”

“啊，那我更是跳到大海里也说不清楚了……我遭人陷害了……”

“我虽然也同情你，但编造是无济于事的！好吧，你现在跟我走一趟！”

宗方博士说完，改变手电光的照射方向。

说时迟那时快！刚才还在抽泣的女人突然抬起头来，两眼直瞪瞪地盯着宗方博士，表情十分惊讶。

“喂，你是谁？”

宗方博士被女人这么一问，脸上掠过一丝紧张的神色，随即很快镇定下来，镇定地回答说：“你说什么？我是宗方，是私家侦探宗方博士。”

“你这是真话？我怎么觉得你好像是……先生，对不起，是否用手电光照一下你的脸让我看一下？”

“哈哈哈……真是莫名其妙！好，你最好仔细看一下，记住抓获你的男子脸长得什么模样。”

宗方博士将圆圆的光束对准自己的脸，还发出爽朗的笑声。女人紧盯着他的脸，仔细琢磨着这个大侦探的长相……

两个人都没有动弹，面对面地站着僵持了好一会儿。如果当时旁边有人，这一幕无疑会让人感到不可思议。

紧急电话

当宗方博士和北园龙子在神社里面面相觑的时候，麻布的明智侦探事务所里出现了警视厅中村警长的身影。他是来这里拜访明智小五郎的。

作为私家侦探，明智小五郎的资历远远超过宗方博士。就侦探本领来说，他也在宗方博士之上。

川手庄太郎一开始是想委托明智小五郎侦破凶杀案的，可不凑巧，大侦探不在日本，去美国参与一起大案的侦查，也不知什么时候能回来，不得已才委托了宗方博士。

白天里，明智小五郎乘坐的飞机在成田机场降落。中村警长接到明智小五郎亲口告诉他回到日本的消息后，觉得应该拜访他，同时有必要征求大侦探对这起连续凶杀案的看法。

他同明智小五郎交往时间很长，十分投缘，交谈起来无拘无束，远远超出他与宗方博士的友谊。

“哎呀，恭喜你平安归来……”

“谢谢你的美言，看到你精神越来越好，真是太高兴了！”

他俩已经很久没见面了，握手时首先关注对方的健康。

一阵寒暄后，明智小五郎话锋一转，立即问起三螺指纹案件的侦查情况。

“怎么？你也在关心这起案件？”

“当然了！夏威夷的日报上简要地刊登了这起案件，所以我知道了。这么说吧，我对这起案件很感兴趣，刚才在你没来之前，我已经阅读了东京所有媒体关于该案件的报道。是啊，我还真得感谢小林君呢，他把该案的所有报道全剪贴下来装订在一起。我只要看一下报贴集，案件情况也就全清楚了。”

“哈哈，你还是这么风趣啊，回来得还真是时候！其实，我这么晚登门拜访，就是想听听你对这起连续凶杀案的见解。说实话，这起没完没了的凶杀案快要使我的神经步入崩溃的边缘。今天，我必须来你这里请教。新闻媒体竞相炒作，闹得满城风雨。作为警方主要承办这起案件的警官，我现在如同热锅上焦头烂额的蚂蚁。”

“我想先听听你关于案情的详细介绍。”

“情况我当然要说，可我有比说更好的东西。瞧，这是我写的关于本案的侦查日记。为了请你过目，我特地把它带来了。你只要看了它，整个案情就全都清楚了。”中村警长从口袋里取出大笔记本，翻开后递到明智小五郎的手上。

明智小五郎立刻聚精会神地看了起来。他在看日记的过程中，不时地抬起头来询问中村警长。半个小时后，他似乎已经清楚案情的发展过程。

“别客气，快说说你的想法吧！我被这起案件搅得无法思考，头脑一片空白，想听听你对这起案件的高见。”

中村警长说完，明智小五郎没有立即回答，而是靠在沙发上闭上眼睛沉思了半晌，接着用十分平静的语气说道：

“我与宗方博士曾经见过两三次面，对他的侦查才能深表敬意。他给我的印象是办起案来雷厉风行，案件一接手便迅速侦破。可他在这起连续凶杀案件中，似乎显得特别被动，经常被凶手抢先下手。

“凶手是预告犯罪，可他都没有成功地制止，导致凶手连连得手。这情况发生在宗方博士身上实在是太罕见了，简直可以说他是一败涂地。

“凶手每一次杀人，手法似乎总是比宗方博士的预期棋高一招！报纸上大肆渲染凶手擅长魔法，依我看，凶手是丧心病狂的疯子。

“当然，宗方君也有几招干得很漂亮，尤其是根据被扔入多摩川里的小锡盒，顺藤摸瓜地找到嫌疑人住所。”

“但是，那也迟了一步。”

“嫌疑人是女的，叫北园龙子，手法也很奇特。搬家前的晚上，订购了许多罐头和面包。光这一点，就可推断出嫌疑人北园龙子隐藏的地方。”

“什么？隐藏的地方？在哪里？你快告诉我呀！”

“如果你想看看她隐藏的地方，我可以带你去。但那地方，宗方君应该已经察觉到。如果我的推断没错，宗方君今晚也许会前往那里捉拿嫌疑人。”

“嫌疑人隐藏的地方很近吗？”

“是的，北园龙子这女人头脑聪明，搬家前把房子伪装成人去楼空的假象，其目的是想转移我们的侦查视线。从那天开始，她一定觉得那里是最安全的隐藏场所。”

“什么？你是说北园龙子把空房子当作隐藏场所？你是说她其实没走……哦，原来是这么回事。好，我尽快去现场核实！明智君，我告辞了！”

“喂，你等一下，我可以一起去吗……哎，有电话铃声，请等我一下。”

明智小五郎拿起电话机刚说了一句，遂将电话听筒递给中村警长。

“是你的电话！从警视厅打来的。听声音很急，好像有什么重大情况。”

中村警长立即把电话听筒凑到耳边。

“什么？是宗方博士报告的情况？他发现什么了……嗯，在青山的……八幡宫神社内……噢，是在神社殿堂的地板下边……嗯，我知道了，知道了。好，我马上就去，你们赶紧备车火速赶到那里。”

咔嗒！中村警长挂断电话，脸色通红。他兴奋地对明智小五郎说：“果然不出你所料！据说女嫌疑人是藏在天花板夹层里。后来，她从那里捣破屋顶逃到外面。当逃到附近神社境内的时候，被追赶上来的宗方博士一举擒获。宗方博士打电话到警视厅报告了这一情况，让我马上赶到那里。你去吗？”

“我当然陪你一起去喽！很想见见北园龙子这女人长得什么模样，同时也想会一会好久没见面的宗方君。”

明智小五郎说到这里按响呼唤铃，喊来小林芳雄迅速做出门准备。

自杀他杀

那以后过了大约十五分钟。

中村警长和明智小五郎在青山神社的牌坊跟前停车，步行穿过漆黑的树林。

走近神社殿堂背后，发现有三个黑影打着手电站在那里，是宗方博士和两名警官。警官是附近派出所的，接到宗方博士的报警后赶到现场。

“是宗方博士吗？我是中村。正巧拜访明智君时接到厅里打来的电话，于是和明智君一起赶来了。”

中村警长上前主动打招呼。宗方博士一听说明智小五郎也来了，连忙上前打招呼：“哦，明智先生，我是刚得知你回来的消息。你不在国内这段时间，我不得不接手这起找不到头绪的疑难案件，现在好不容易抓住凶手，原以为可以轻松轻松了。可你瞧！竟成了这样的结果！”

宗方博士将灯光对准神社殿堂的地板下边。

“什么？到底怎么了？”中村警长大吃一惊，不由得嚷道。

只见北园龙子倒在地上已经死了，右手握着匕首，胸口还流着血。

“是自杀吗？怎么会是这样的结果……”

中村警长抬起头望着宗方博士。

“唉，都怪我粗心。我一路紧追不舍，终于在这里抓住了她。可我当时就一个人，不可能拽着她去喊出租车，打电话请你们警方来是最佳办法。于是，我把她绑在地板下夹层的柱子上，跑到附近商店打电话，再请商店的人去附近派出所报警。

“前后算起来，我离开这里充其量也只不过五分钟，可回来一看，竟变成这样。不知道她究竟是怎么解开身上绳索的，还不偏不倚地刺中心脏自杀。真是万万没想到，这女人身上居然藏有匕首。”

由于凶手死了，宗方博士解释起来显得语无伦次，支支吾吾的。

北园龙子的身体上缠有绳索，绳索两端是系在柱子上的。

明智小五郎蹲在柱子边上察看绳索，猛地好像发现了什么重大疑点。

“宗方君，这女人不是自杀。”

“什么？她不是自杀？”

“嗯，我觉得是他杀。有人用匕首刺入她的心脏部位，再让死者的手握住匕首。为伪造自杀现场，还特地解开死者身上的绳索。”

“可杀害北园龙子的凶手又是谁呢？究竟出于什么目的？你认为凶手是北园龙子的敌人，杀害北园龙子后逃走了？”

宗方博士用嘲弄的口气指责明智小五郎的观点。

“不，未必是凶手的敌人。这起连续凶杀案件里，除女扮男装的小个凶手外，不是还有左眼蒙纱布的高个凶手吗？凶手为自身安全杀害同伙的情况时有发生。我总觉得高个凶手就在这一带听我们说话呢！”

“为什么？纵然是北园龙子的同伙来这里，也根本没必要杀害这个女人呀！解开绳索带着她离开这里不就行了吗？”

“但是，这背后也许有我们难以想象的原因！那个左眼蒙纱布的高个男子为什么不救出同伙，相反还杀了她？不正说明本案背后隐藏着不可告人的目的吗？我是这样推测的。”

“这只不过是你的推测而已。”宗方博士说话的语气里充满了讽刺的口吻。

“是的，眼下还不能明确断言。不过，只要弄清这一不可告人的目的，这起连续凶杀案就可真相大白，我是这么认为的。”明智小五郎说这番话时显得很平静，仿佛已经识破凶手杀害北园龙子的真正目的。

“你好像已经肯定是同伙杀了这个女人，可我说什么也不能赞同你的观点。这情况可以暂时放一下，我们眼下必须抓获左眼蒙纱布的高个凶手。明智君，我一定要亲手抓住高个凶手给你看看，让整个案件真相大白，让那个擅长魔法的凶手的真实面目彻底暴露在光天化日之下。”

对于明智小五郎刚才说的一番话，宗方博士似乎有些不满和激动，像立军令状那样斩钉截铁地说道。

“哦，你是说要亲手抓住左眼蒙纱布的高个凶手？嘿嘿，他在哪里？”

明智小五郎提出这个问题，当然并不相信宗方博士所谓的雄心壮志，似乎说那怎么可能。他不赞成宗方博士的看法，跟明智小五郎平时的说话态度判若两人。这令宗方博士大为惊讶，紧盯着明智小五郎的脸说：“哈哈哈……那你就等着瞧吧！”

明智小五郎也毫不客气地瞪大眼睛望着宗方博士的脸，两个人怒目圆睁地望着对方，四道目光交织在一起仿佛迸出了火花。

跳楼自杀

这时候，警视厅派出的大批警官乘坐警车赶来了，搜查了整个现场。

明智小五郎把中村警长喊到一个背静的地方。

“中村君，这起案件太吸引我了，真可谓欲罢不能。我打算亲自展开调查，但不妨碍宗方博士的侦查行动。”

“你说调查？主要案犯不是已经死了吗？剩下的只需抓住那个左眼蒙纱布的高个男子就行了。哎，你是不是已经发现高个嫌犯的行动规律了？”

“不，寻找这个同案犯还是委托宗方君吧。我看，他对如何抓获左眼蒙纱布的高个嫌犯很感兴趣。”

明智小五郎话里有话地说。

“那，剩下的还有什么可调查的？凶手对川手庄太郎一家实施的复仇目的已经达到，也不可能再发生凶杀案。死去的主要嫌犯究竟是自杀还是他杀，我们暂且不说，总之已经死了，剩下的那个同案犯，即那个左眼蒙纱布的高个男子，你又不打算去寻找，到底想调查什么呢？”

“你难道已经忘了吗！据说，川手庄太郎及其两个女儿都被凶手杀了。可川手庄太郎不是在东京被害，而是在山梨县深山老林的别墅里突然失踪，至今连尸体也没发现。”

“嗯，那倒是。但就至今仍不知道川手庄太郎的下落来看，无疑凶多吉少。否则，主要嫌犯不可能砍断自己有着犯罪特征的手指，还将它扔入多摩川。因此，我们只能认为主要嫌犯那样做，是意味着其复仇目的已经达到。难道不是这样吗？”

“嗯，可以这么认为。问题是，凶手为什么不公开川手庄太郎的尸体？像川手庄太郎的两个女儿被害后，凶手为了让全社会知道，故意暴露她俩的尸体。按我的判断，其背后肯定藏有不可告人的目的。我决定把该疑点和川手庄太郎至今下落不明联系起来展开调查，一定要弄个水落石出。我明天去山梨县调查那幢别墅，搞清楚川手庄太郎到底是怎么死的。”

“中村君，请你保密我接下来进行的调查行动，千万别对宗方君和警视厅你的同事们说。关于调查结果，我只向你一个人报告。”

明智小五郎说完离开现场走了。

那以后过去的好几天里，东京十分平静。

可几天后的傍晚，这天也正是北园龙子死后的第七天傍晚，日本桥T百货大楼发生一起跳楼自杀事件。

百货大楼当时正准备关门打烊，突然发现一名男子从楼顶坠落在人行道上，当场死亡。死者外表像工人。

当地派出所警官闻讯立即赶到现场调查，从死者胸前的衣袋里找到事先写好的一封遗书。不用说，这是自杀。

警官不经意地看着，可脸色渐渐地变了。原来，跳楼自杀者就是那个杀害川手庄太郎全家的凶手，即左眼蒙纱布的高个嫌犯。

为完成父亲交给我的报仇任务，我竭尽了全力，现在终于圆满完成了。我选择自尽，是为了去地下向长眠在那里的父亲汇报。

一开始，我并不打算自杀，无奈被私家侦探宗方博士盯上了，深知已经无法逃离。与其让他立大功，还不如自己了结自己的生命，因而下了这样的决心。

川手庄太郎家族是我父母亲的仇人，川手庄太郎的父亲残忍地杀害了我的父母。我杀了他全家，是执行父亲临终交给我的任务。现在，我可以告慰九泉下的父母了。

北园龙子的真实姓名叫山本京子，是我的嫡亲妹妹，食指上有着与众不同的三螺指纹。我巧妙地利用了她的指纹，作为威胁手段多次恫吓川手庄太郎及其家人。

我的妹妹山本京子也因宗方博士的跟踪而被捕，

但她最后伺机自杀了。

现在，我已经没有任何遗憾留在这世上了，只希望尽快地去另一个世界与我的父母亲和妹妹早日团圆。

山本始

唉！明智小五郎断定北园龙子的死是他杀。他这个结论与山本始的这封遗书显然对不上号。真没想到赫赫有名的大侦探明智小五郎，在这起案件里居然如此判断失误。这一来，反而抬高了宗方博士在侦探界和市民心目中的地位。

与明智小五郎相比，宗方博士兑现了自己的诺言。虽说左眼蒙纱布的高个嫌犯山本始被迫跳楼自杀，没让警方逮着有点儿美中不足。但不管怎么说，他是被宗方博士逼得走投无路才选择跳楼的。关于这一点，遗书上写得很清楚。

就这样，一起惊动整个日本列岛的连续凶杀案终于以兄妹凶手自杀而终结。

川手庄太郎一家被赶尽杀绝，两个凶手也都自杀了。复仇者也好，被害人也好，都从这个世界上永远地消失了。不用说，社会各界和警视厅都觉得该案结束了。

可偏有这么一个人，执着地说该案并没有了结。他不是别人，正是大侦探明智小五郎。

谁是凶手

凶手山本始跳楼自杀后又过去了几天。

一天夜晚，参与侦查这起连续凶杀案的全体警官聚集在东京都京桥一家大饭店里，以庆贺该案圆满侦破。

出席人员中间，有来自警视厅负责该案的领导：刑事侦查部长，刑事侦查科长，刑事侦查警长。还有来自侦探界赫赫有名的大侦探：本案中荣获头功的宗方博士，在本案没有建功的明智小五郎。

明智小五郎赴宴，是中村警长以朋友名义邀请他的。

同一张餐桌上，坐着三名警官和两名大侦探。

这五个人频频举杯痛饮，相互间愉快地交谈着。

“宗方先生，你为侦破该案还搭上了两名助手的生命，可以说是真豁出去了。还有，这对兄妹凶手迫于你的威慑，不得不选择了自杀。本案能顺利侦破，关键在于你。”

对于宗方博士的英雄之举，刑事侦查部长表示深深的敬意。宗方博士则用手扶了扶眼镜说：“唉，可接受该案后的前阶段，屡遭失败和挫折，给各位添了不少麻烦，实在是羞愧之极。搭上两个助手的生命，我就不提了。想想川手庄太郎一家对我们那么信任，而我最终却没能保住他们的生命。尽管案件侦破了，可它是我心中永远的缺憾啊。”

“明智先生，听中村君说，你对这起案件很感兴趣，是不是可以谈谈你的感想……听说你还抱有疑义，坚持认为北园龙子不是自杀。是有这么回事吧？”

刑事侦查部长问。对于这样的提问，明智小五郎似乎已经等候多时了。

“是的，我是那样认为的。”明智小五郎回答的语气铿锵有力。

“什么？你现在还认为那是他杀？”坐在一旁的刑事侦查科长惊愕地插嘴问。

“是的，除了他杀还是他杀，没有其他可能。”

明智小五郎似乎已经洞察一切，态度更加坚定。

宗方博士不由得瞪大双眼，情绪激动起来。他不能容忍明智小五郎否定北园龙子自杀的论点，必须站起来反驳。

“哈哈哈……明智君，你不是在耍孩子脾气吧！我承认你是日本赫赫有名的大侦探。但你再怎样伟大也毕竟是人，有时难免会神经敏感和判断失误，难免把话说过头。我觉得这没什么关系，闻者没有必要多计较。

“可你一旦明白了，不应该那么较劲，不应该继续钻死胡同。否则，难免让周围的人感到无聊。那个跳楼自杀的山本始，就是北园龙子的胞兄！当然喽，按照常理思考，为保住自己而杀害胞妹似乎不符合逻辑。

“但山本始在他留下的那封遗书里，有关妹妹自杀的来龙去脉不是交代得很清楚吗！怎么？你不认可那封遗书？”

“是的，不认可！遗书怎么会是那样？那完全是捏造的遗书！”

“明智君，你是没有经过思考才如此信口开河的吧？堂堂的大侦探，说话可要负责任哟！你是不是醉了？大家都知道，即便凶手再怎么作恶多端，临死前的书面表白肯定是真言真语，不可能胡编乱诌。我认为胡说八道的不是别人，而是你。好吧，我问你，为什么不认可那封遗书？能否说出让大家心服口服的理由？快说呀！”

大家听完宗方博士的观点，觉得很有说服力，相反认为，明智小五郎今天不知怎么了，也许是喝多酒而导致思维不正常。大家还一致认为，明智小五郎应该向宗方博士道歉。

“各位，我当然有不认可那封遗书的充分理由。因为，我对那个跳楼自杀的男子是否是凶手同伙表示怀疑。”

“什么？什么？难道留下遗书跳楼自杀的男子不是凶手？”

“那个左眼蒙纱布的高个男子到底长得什么模样，没一个人亲眼见过。难道不是吗？因此，仅凭遗书不能证明跳楼自杀男子就是凶手同伙。像那样的遗书，谁都能伪造。”

宗方博士听罢脸涨成了猪肝色，怒气冲冲地说道："哼，照你的意思，那个跳楼自杀的男子是假冒的？你这观点太愚蠢了！假如他不是凶手，用得着特地写那份遗书自杀吗？你是不是思维不正常？"

"哈哈哈……也许是像你说的那样。可我还是坚持这么认为，别说跳楼自杀的男子不是凶手，就连北园龙子究竟是不是凶手也是谜。"

在座的人，听到这里全都忍耐不住了。明智小五郎说跳楼自杀的男子和在神社自杀的北园龙子都不是凶手。倘若真像他说的这样，这起案件的案犯岂不是一个都没抓住吗！说白了，该案件根本就没侦破，现在也根本不是庆贺结案的时候。

宗方博士激动地晃着下巴上的三角胡子，猛地从椅子上站起来，直立腰背，在明智小五郎面前挥舞着拳头，嘴里大声吼道："明智君，住嘴！你到底对我有什么成见？为什么要对我侦破的案件百般挑剔？哼，你说北园龙子不是凶手？我真不明白你到底是怎么想的？你难道忘了三个螺纹的骷髅指纹了吗？如果说北园龙子不是凶手，那她为什么要故意砍断自己的食指？为什么将砍断的手指扔入多摩川？为什么偷偷躲藏在天花板上的夹层里？为什么？快说！"

"我是这么想的，正因为北园龙子的食指指纹有三个螺纹，我才断定她不是凶手。喂，宗方君，我想你应该明白我说这话的真正意思。"

"不明白！各位警官，我不想继续与这样的疯子同桌，我先告辞了。"

宗方博士离开椅子。

“哎，宗方博士，请别走啊！今天你是我们邀请的贵客……明智先生，你今晚到底怎么啦？请你在这种时候做到自重，别像孩子那样耍嘴皮子。”

刑事侦查科长见状，连忙在两个人中间打圆场。

“是啊，眼下我还没有把要说的话说完。因此，各位认为我是信口开河也不无道理。可我必须告诉大家，我不会意气用事，也不会鸡蛋里挑骨头。现在，我说说我断定那一男一女不是凶手的理由。希望宗方君不要暴跳如雷，听完我说的话你再发脾气也不迟。”

瞧明智小五郎说这番话的模样，既不像喝醉也不像神经不正常。

大家琢磨了一下他说的话，觉得有必要听他把话说完，倘若确实对宗方博士有个人成见，再批评他也不迟。于是，大家都表示赞同明智小五郎发表他的见解。宗方博士无可奈何，只得重新坐到椅子上。

明智翻案

明智小五郎打开话闸说了起来：“案犯为什么始终不公开川手庄太郎的尸体？对于这一问题，我的分析视角与宗方博士截然不同，而且我是从这里发现重大疑点的。在北园龙子所谓自杀的第二天，我去了一趟川手庄太郎下落不明的地方。那是一幢城堡式别墅，坐落在山梨县N车站附近的深山老林里。目前，那幢别墅人去楼空，连人影也没见着。我花费整整一天时间调查了别墅的里里外外，结果找到了川手庄太郎。”

刑事侦查部长感到百般惊讶，连忙问道：“明智君，川手庄太郎的尸体到底被藏匿在什么地方？我们警方当时在那一带搜查过，不是报告说什么也没发现吗？”

“不，不是尸体！川手庄太郎没死！只是我发现他的时候，他已经奄奄一息。”

“什么？他还活着？是真的？这么说，凶手连最重要的对象都没有杀死，那不是没有达到复仇目的吗？”

“不，凶手其实使用了极其惨无人道的手段复仇。我如果晚一天去那里，川手庄太郎无疑就会告别这个世界。”

“凶手到底使用了什么手段？”

刑事侦查科长激动得按捺不住自己了。

“是活埋。凶手把川手庄太郎塞入棺材那样的木箱里，把它埋在院子的树林里。”

“这么说，是你把他救出来的？那……他到底是怎么活到今天的？”

“不，不是今天，我是十天前发现的，当时正值川手庄太郎下落不明的第五天。也就是说，被塞入棺材的他在土坑里整整待了五天，只是靠呼吸活着。由于饥饿和恐惧，头发全白了。太可怜了！我救出他后，赶紧把他抱到我的车上送到甲府市内的某医院，让他住进那家医院治疗。数天后，他开始渐渐恢复。我悄悄地带他返回东京，让他住在我家。从他那里，我了解到本案背后隐藏的秘密。现在，我得等到死里逃生的川手庄太郎完全恢复记忆。”

“那，川手庄太郎完全恢复了吗？”宗方博士听到这里第一次开口说话。

“不，他还没有完全恢复到健康状态。他住在我专门为他腾出的房间里，每天不是下床活动就是上床睡觉。”

“原来是这样，你可立大功了！听你说完这些，我心里感到轻松多了。”

宗方博士赞扬明智小五郎后，好像突然想起什么似的，对大家说："哦，只顾听你说话，险些忘了一个重要约会。各位，对不起，我去打电话，马上就返回。明智君，等我回来请再继续说！"

宗方博士说完，慌张地朝公共电话跑去。

于是，明智小五郎不说了，而是等着宗方博士回来。不一会儿，宗方博士回来了。

"电话打完了？"明智小五郎笑嘻嘻地主动询问。

"对不起，让你们久等了，请明智君继续说！"

宗方博士好像有什么高兴事，脸上笑呵呵的。

刑事侦查部长问道："哎，明智君，你从川手庄太郎那里听到了什么？是否有北园龙子不是凶手那样的话？"

"不，川手庄太郎并不都清楚，只是叙述自己父亲曾经杀害了凶手的父亲，并叙述凶手为报上代之仇加害于他全家。那个左眼蒙纱布的高个男子叫山本始，那个女扮男装的矮个是山本始的妹妹。他还说，这对兄妹都是化了装的，不知道他俩的真正模样。"

"这么说，跳楼自杀男子留下的遗书内容，岂不是与川手庄太郎说的完全一致吗？明智君，你说北园龙子和跳楼自杀男子不是真正的凶手。请说说具体理由。"

"可以这么说，本案从一开始到结束根本连不起来，对此我反复思考过。由于连不起来，于是凶手硬是伪造了从开始到结束连起来的假象。可见，其背后藏有常人难以察觉的秘密。但只要解开这秘密，所有制造的假象也就不攻自破了。"

“听你的意思，你已经解开这一秘密了？”宗方博士似乎忍不住，在一旁插话问道。

“是的，解开了。”

明智小五郎调整脸的朝向，正面望着宗方博士扑哧笑出了声。宗方博士也跟着笑了笑，满脸是讽刺表情。与此同时，他俩的眼睛里互射出鄙视对方的目光。

“明智君，我还想请你说说，如果北园龙子不是真正的凶手，这起案件是否一定要翻过来重新侦查？”

刑事侦查科长脸上的表情变得认真起来，等待明智小五郎的下文。

明智演说

明智小五郎显得十分镇静，接着往下说：

“本案与其他案件相比，最关键也最奇怪的一点，不用说，是那个三螺指纹。像那样纹理的指纹也确实罕见，可指纹本身并没有不可思议的地方，只不过是一种巧合而已。

“北园龙子从娘胎出来时，就是带着那样的指纹来到这世界的，仅此而已。不可思议的是，凶手炮制的三螺指纹的出现形式。例如为川手雪子举行葬礼时，川手妙子的脸上不知何故，被按上了那样的指纹。

“还有在马戏团幽灵集会的迷宫里，骸骨和偶人手上持有的通过证上都被按上了那样的指纹。根据川手庄太郎提供的情况，他被宗方君带着离开别墅之前，就连女用人端来的茶杯盖上也被按上了那样的指纹。

“按理说，这都是不可能发生的怪事。另外，那封凶手杀害川手雪子的预告信，也不知怎么回事，竟出现在川手庄太郎的会客室里。举行川手雪子葬礼时，凶手居然能把恐吓信神不知鬼不觉地放入川手庄太郎身上的昼间礼服口袋。

“像这样相继出现的怪现象，要一一列举的话，一时还真说不完。这些不可思议的怪现象，为什么能变成现实？答案只有一个。那么，我又是怎样得来这答案的呢？

“由于列举推理过程要占用大家很长的时间，我把本案发生得最多的怪现象归纳成三种类型向大家解释。首先，说说那个戴黑色蒙面套的嫌疑人是怎样从迷宫帐篷逃之夭夭的。

“帐篷外面聚集着许多从帐篷里出来的观众，而帐篷里边的警官和马戏团的工作人员前后夹击包围了迷宫中央部位的镜屋。按理说，镜屋里握着手枪的歹徒应该插翅难飞。可当时，那歹徒却不翼而飞了。

“像这样不可思议的魔法该怎样解开呢？如果镜屋里根本就没有任何暗道机关，如果前后夹击的十多个追兵根本就没有酒醉眼花，那么，嫌疑人是绝对不可能在镜屋里溜之大吉的。

“我想，大家应该赞同我这一观点的，是吧？嫌疑人的这一魔法，也就是嫌疑人的不翼而飞之谜，我是这样解开的。其实，嫌疑人并没有逃走，而是扮作追兵贼喊捉贼。由于他头顶光环，追兵们谁都不会怀疑他是真正嫌疑人。

“也就是说，嫌疑人当时一直在镜屋里。其次，说说嫌疑人为什么轻而易举地发现了川手庄太郎在山梨县的隐蔽地点。听川手庄太郎说，宗方君为防止嫌疑人的跟踪，途中绞尽脑汁多次换乘电车和列车，不停地改变乘车方向。

“可这样精心设计的隐蔽场所，却在如此短的时间里被嫌疑人发现。这，究竟是什么原因呢？很显然，我不说大家也清楚，嫌疑人就在川手庄太郎的隐蔽场所。

“这家伙采取了绝对不会引起川手庄太郎注意的手法，一直跟踪着来到山梨县的隐蔽场所。说到这里，我想你们心里该明白那个人是谁了吧！”

明智小五郎说到这里顿住了，朝大家扫视一眼，可谁都没有开口。

“最后，说说北园龙子，也就是她为什么要自杀。其实，她根本没有自杀的理由。即便她用匕首自杀，必须先割断绑住自己双手的绳索。倘若真割断了绳索，她就更没有必要自杀。

“她完全可以趁着夜幕逃之夭夭，而且在时间上相当充足。因为，宗方君当时离开现场打电话去了。北园龙子曾经隐藏在屋顶夹层里，是为了躲开危险。

“一旦割断了捆绑手脚的绳索，北园龙子应该获得了自由，完全可以避开危险。可当时的实际情况却发生了急转直下的变化，北园龙子反而产生了自杀的念头，并且真的死了。这种变化，根本不合乎逻辑。

“如果说她不是自杀，而是被隐蔽在神社树林里的同伙杀害，根据这种观点推理，结果就更不可思议了。试想，如果同伙为了自身安全杀害北园龙子，就根本没必要解开她身上的绳索。

“再说，要杀的对象是手脚被绑失去自由的人，这对于杀手来说，那不是更容易吗？再加上黑夜笼罩，杀手可以神不知鬼不觉地杀了北园龙子。如果事实真是那样，该怎样解释呢？

“无疑，北园龙子的死是他杀，凶手行凶后伪造了第二现场，也就是北园龙子的自杀现场。当然，这不是北园龙子的同伙所作所为；也不是北园龙子因为过去杀人犯了死罪，而同伙杀了她帮助她伪造自杀现场。

“倘若嫌疑人这样做，岂不等于画蛇添足多此一举吗？我就是从这伪造的自杀现场猛然察觉到，本案背后藏有很深并且不可告人的阴谋。我为什么这么说？因为，第一类型的情况和第二类型的情况相同。

“至于第三类型的情况，我一开始觉得，可采用与第一类型和第二类型同样的答案解答，可仔细一分析，又多少感到有牵强附会不合逻辑的地方。后来听了川手庄太郎叙述的情况后，这才找到解答第三类型情况的正确答案。

“凶手在活埋川手庄太郎前，对他说还有一个复仇目标。还对他说，这人是否存在，就连川手庄太郎本人也不清楚。这人是谁？就是川手庄太郎的胞妹。她就是北园龙子。

“北园龙子不是凶手，也不是本案主犯，而是川手庄太郎的嫡亲妹妹，是无辜的被害人，是复仇狂要杀害的最后目标。”

宗方博士从一开始就不停地挪动着身体，好像椅子上有什么铁钉似的。听到这里，他似乎再也忍耐不住了，冷不防大声笑了起：“哈哈哈……明智君，希望你放正经点儿，别在警官面前说这种梦幻般的玩笑故事。你的推理酷似幻想，根本就不着边际。说心里话，我是越听越糊涂。你难道不觉得你的解说自相矛盾吗？你说说看，北园龙子如果不是凶手，那她为什么化装隐藏在屋顶夹层里？当被发现后，又为什么夺路而逃。还有最重要的一点你没有解释，那就是她手上的三螺指纹。这，你难道忘得一干二净了？”

“不，我绝对不会忘记。正因为北园龙子食指上有三个螺纹，我才认定她不是真正的凶手。从本案一开始到结束，凶手就忙着在许多地方让大家看有三个螺纹的指纹。这里也出现，那里也出现，可谓凶手的良苦用心。

“其目的显然是制造舆论，误导人们食指上有三螺纹的人是凶手。然而，作为我们侦探，看问题必须采用正反两面的分析和思维方法。于是，我断定，三螺指纹绝对不是出自凶手的食指；相反，三螺指纹是出自被害人的食指。

“各位，凶手采用偷梁换柱的恶劣手法陷害无辜，简直卑鄙到了极点。凶手不仅巧妙地利用三螺指纹转移警方视线，还将杀人嫌疑转嫁到被害人身上。说到三螺指纹，其实是凶手在一个偶然机会发现的。

“凶手知道川手庄太郎妹妹食指上有奇特指纹后，突发奇想，借题发挥，精心炮制了骇人听闻的报仇阴谋。凶手取到川手庄太郎妹妹手上的指纹后，采用照相技术刻制了三螺指纹的印章，还一直将它携带在身边。

“各位，那些曾经在许多地方出现过的三螺指纹，都不是手按的真正指纹，而是凶手用那枚橡胶印章按的指纹。这就是凶手的所谓魔法。像这种轻便的橡胶印章，无论什么场合都可神不知鬼不觉地按上，既不会引起任何人注意，也不会引起任何人怀疑。

“可有着这种三螺指纹的川手庄太郎妹妹，面对社会上的谣传惶惶不可终日，整天如坐针毡。当她得知报上刊登的凶手指纹与自己相同时，深信自己不可能摆脱警方的怀疑，不得不割断食指并将它扔入多摩川。

“为避开警方视线，她又制造搬家远走高飞的假象，藏在屋顶夹层里。其实，她的这一举动正中凶手下怀，陷入凶手设下的圈套。凶手采用三螺指纹从精神上折磨她、追赶她，逼得她走投无路，最终用匕首杀害了她，还伪造自杀现场，装作若无其事的模样，妄图逃脱法律的制裁。”

这时，传出餐桌咯吱咯吱的响声。于是，大家的视线一起射向那里。只见脸色煞白的宗方博士站在那里，仿佛要跟谁格斗似的。

“明智君，在我看来，你的长篇演说只不过是大谈你自己的幻想而已。既然你说得那么肯定，请问，你有不可推翻的确凿证据吗？像你那样空口说白话，就是三岁孩童也会。

“说一千道一万，你还得拿出证据。你觉得本案最重要的关键人物北园龙子死了，便在这里信口雌黄。我问你，你接下来还打算捏造什么？就凭你提供不出证据，我可以断定，你说的北园龙子不是凶手的观点只是空想而已。

“好，这就不说了。我再问你，另一名凶手，也就是左眼蒙纱布的高个男子究竟是谁？难道他也不是凶手？按你的推理，难道他也是被害人？”

此时此刻，明智小五郎显得出奇的冷静："是的，他也是被害人，但这并不意味着他与川手庄太郎是一家人。其实，他与本案背后不可告人的秘密完全无关，仅仅是流浪者而已。凶手物色到长得酷似左眼蒙纱布的高个男子的流浪汉后，连哄带骗收买了他。用金钱诱骗他穿上与左眼蒙纱布高个男子相同的服装，在百货大楼关门打烊前把他带到空无一人的楼顶上，将事先写好的所谓遗书揣在他的口袋里，趁他不注意时将他从楼顶朝下猛推，制造高个凶手的自杀假象。"

"哈哈哈……明智君，你又在胡编乱诌吧？你的想象力也太丰富了！我还是希望你一边举证一边演说。"宗方博士又装模作样地笑了。

真正凶手

“举证很简单！我已经清楚左眼蒙纱布的高个凶手还活着，还很神气活现的。”

“什么？凶手还活着？这么说，你知道凶手在哪里！”

“当然知道！”

“那，你为什么不去抓他？既然知道凶手的贼窝在哪里，干吗在这里耍嘴皮子浪费时间？”

“你是问我为什么不去抓凶手？”

“是的呀！”

“那是因为凶手已经被我抓住了。”

由于明智小五郎的惊人之语，三位警官不约而同地兴奋起来。宗方博士布满血丝的眼睛，不停地眨巴着。

“明智君，你说你抓住凶手了？喂，喂，请别开玩笑！你到底是什么时候在什么地方抓住他的？”

“到处都有凶手的足迹！在马戏团帐篷的迷宫里，在川手庄太郎隐蔽的山梨县别墅里，在北园龙子被害的神社里，凶手都在现场。眼下，凶手就在这包房餐厅里。”

刑事侦查部长的脸上表情猛然变得难看起来，觉得不能再让明智小五郎胡说八道了，赶紧打断道：“明智君，你在说什么呀？这里不就是我们五个人吗？难道还有第六个人不成？还是说，凶手就在我们五个人中间？”

“是的，凶手就在我们中间。”

“什么？那他是谁？”

“本案有过许多不可思议的现象，可现场除了被害人川手庄太郎外，还有一个他……他是谁？他就是标榜自己是大侦探的宗方隆一郎！”明智小五郎不紧不慢地说着，伸出食指慢慢指向宗方博士。

“哈哈……这简直是笑话！明智君，你无中生有的捏造，真是太精彩了！哈哈哈……杰作，杰作。我为你发表精彩的演讲感到愉快！哈哈哈……”

宗方博士的嘴里发出一阵狂笑，包房里响起了爆炸般的响声。他持续不断地笑着，笑着……当笑声终于停止的时候，转眼间似乎变成了哭声。

刑事侦查部长的视线猛地射向宗方博士，语气严厉地说道：“宗方君，明智君好像不是开玩笑吧！听完他的推理，使我们不得不认定你就是那个草菅人命的凶手。你别一个劲儿地笑，请为自己辩解一下。”

“哈哈哈……你要我为自己辩解？对于这种凭空想象的推理，我觉得根本没必要辩解……好，我唯一要说的，就是请他出示证据。明智君，希望你拿出确凿的证据。喂，快出示证据呀！”

“你要看证据吗？那好，我现在就让你看。”

明智小五郎看了一眼手表上的时间，说道：“刚才只顾着说话，不知不觉地已经过了一个半小时。宗方君，你刚才为了打电话离开过这里。从那时算起，到现在已经过去一个半小时了！哈哈哈……这一个半小时里，也许发生了翻天覆地的变化吧。哦，哦，服务生来了，手上还拿着纸条，好像是证据吧。”

明智小五郎从服务生手里接过纸条，看了看上面写的内容：“啊，果然不出我所料。好，让他们立即进来！”

服务生刚走一会儿，明智小五郎的助手小林芳雄走进房间。他身穿金色纽扣的青年人的服装，充满朝气的脸上长着一双机灵的大眼睛，朝大家鞠躬行礼后，径直走到明智小五郎边上耳语了几句。

明智小五郎点点头，于是，小林芳雄朝门口喊道：“请进！”

话音刚落，传来了咯噔咯噔的脚步声，只见两个身强力壮的年轻人押着一个身材不高的家伙走进房间。这家伙双手被反绑，身着黑色服装，耷拉着脑袋，走路跌跌撞撞的。

一看这情况，宗方博士不由自主地“腾”地站了起来，两只贼溜溜的眼睛朝四处张望，猛然间似乎想起什么，冷不防向面朝大街的窗户跑去。

“宗方君，你干脆打开玻璃窗看一看道路情况吧！中村君手下的十个刑事侦查警官正在下面等候，看看你是怎样跳楼自杀的。”

刑事侦查部长和刑事侦查科长不清楚中村警长的这一安排，其实这是中村警长根据明智小五郎的要求，让部下把这家饭店前前后后地围了起来。

宗方博士迅速地望了一眼窗下的道路，证实明智小五郎没有撒谎，只好垂头丧气地返回原来的座位。

恶魔终日

明智小五郎看了一眼大家说道：

“我向大家介绍一下，这个戴黑色蒙面套的人物，对外自称是宗方君的妻子，而事实上是宗方君的亲妹妹。宗方君的真实姓名，我不说大家也清楚，叫山本始。

“他的妹妹，就是这个蒙面人，她的真实姓名叫山本京子。假山本始和假山本京子遭到了杀害，真山本始和真山本京子就在这房间里还无耻地活着。

“我为了证实自己刚才说的情况，趁宗方君外出时调查了他的住宅。据调查，宗方君的妻子迄今为止没跟任何人见过面，就连事务所里的人也不知道她的真实模样。

“这些情况，越发使我感到怀疑。还有，宗方君还走马灯似的调换看门人。宗方君刚才听我说川手庄太郎住在我的家里，便忍不住离开房间外出打电话了。其实，他是给这个蒙面人打电话。

“也就是命令他的妹妹山本京子，趁我不在事务所时，潜入我家杀害死里逃生的川手庄太郎。事实上，我早就在等这个女人上钩，希望她潜入我的事务所。

“刚才，我故意说川手庄太郎住在我的房间里。宗方君听我这么一说脸色变了，赶紧找借口出门打电话。而这时的我，内心在热烈欢迎他妹妹山本京子光临呢！现在，请大家看看山本京子的真实面目。”

明智小五郎径直走到矮个女人面前，猛地拽下她脸上的蒙面套。于是，出现在大家面前的是一张很瘦的女人脸，眼睛细长，眼角上翘。

“好，小林君，你简要地向大家讲述一下，这女人潜入我家干了什么。”

于是，小林芳雄朝前跨了一步，开始说了起来：

“根据先生的命令，我们三个人埋伏在川手先生睡觉的卧室里。当时，川手先生什么也不知道，只是在床上静卧。我们各自隐蔽在家具背后，耐心地等待凶手自投罗网。

“大约半小时前，突然听到朝着院子的玻璃窗发出“吱”的响声，窗户被轻轻地推开了。紧接着，跳进来一个头戴黑色蒙面套的人。我们屏住呼吸注视着，只见蒙面人走到床边观察川手先生的脸。

“当核实清楚是川手先生本人时，便从身上掏出匕首刺向他的胸部。我们三个人看到这一情况，顿时像枪膛里射出的子弹从三个方向扑向蒙面人，将其擒获。川手先生听到响声吃了一惊，睁开眼睛，不过他没有受伤，连轻伤也没有。”

小林芳雄讲述经过后，明智小五郎紧接着补充说：“宗方君，现在你该明白了吧，我手中握着的是什么样的证据。实话对你说，我手中掌握的证据还不止这个。你为了制造北园龙子有时间作案的假象，在每一次案发当日便引诱她外出，是这样吧！你也许没有注意到，可受雇于北园龙子的保姆清楚记得你的真实长相。小林君，那老妇人请来了吗？”

“请来了，正在走廊里等着呢！”

“那，快请她进来！”

不一会儿，在小林芳雄的引导下，用人阿里战战兢兢地走进来。

“老人家，你认识这个人吗？”

阿里仔细地端详宗方博士的脸，末了摇摇头说：“不，我根本不认识他……”

“哦，是的，是的，你认识的那个人，长的不是这张脸吧？宗方君，为了让老人家好好地看看你那张真实的脸，请暂时摘下眼镜和下巴那里的三角胡子。怎么？不乐意？

“现在这时候，装疯卖傻是行不通的！告诉你吧，你的情况我全摸清楚了。你和川手庄太郎一起去山梨县大山里的途中，为化装曾取下三角胡子给他看。这，我没说错吧？

“当时你肯定是这样想的，反正川手庄太郎迟早会死在你的手里，让他知道也无所谓，因而暴露了你的真面目。不料，川手庄太郎居然死里逃生，你也由此成了惨遭失败的丧家犬。

“因为，知道你装有假胡子这一秘密的，除川手庄太郎外没有第二个人。哈哈哈……宗方君，还磨蹭什么呀！你别怪我不客气哟！好吧，还是由我来帮你摘吧！”

明智小五郎说完，敏捷地走到宗方博士跟前，冷不防打掉他鼻梁上的玳瑁眼镜，迅速拽下那撮假胡子。于是，出现在大家面前的脸，与平时那张假装一本正经的脸完全不同。宗方博士呆若木鸡，毫无表情。

“噢，这张脸，我记得。女主人没搬家前，这位先生常来，是女主人很熟悉的朋友，他还常和女主人一起外出。”阿里一口气说完。

“宗方君，你现在还想为自己辩解吗？如果觉得这两个证人不够，那我还可以请出证人！例如在山梨县大山里看守别墅的老夫妻俩……那老妇人是你们兄妹俩小时候的奶妈！我的手下正在寻找他俩呢！要不了多久，就能找到他们行踪的。

“还有，你在地下室让川手庄太郎观看的那出戏的演员们，其实也都是你的帮凶。要不了几天，他们都将陆续归案。好在川手庄太郎死里逃生了，这些证人也就会陆陆续续地出现了。

“宗方君，你现在就是有什么绝招，也已经无路可逃。希望你别浪费时间，别上演多余的闹剧。因为，你的真实面目已经暴露，你是一个罪恶滔天的恶魔。

“为达到复仇目的，你处心积虑，蓄谋已久，先化装成私家侦探，假惺惺地破几个案，骗取社会信任。随后，开始实施你罪恶的复仇计划。对于你的作案才能，我还真是佩服。

“利用三螺指纹嫁祸于被害人，让她做你的替罪羊。不仅如此，你还把凶手的恐吓信，不，应该说是你把你自己写的恐吓信，放入被害人的信箱，让被害人整天担惊受怕。

“你不择手段，将自制的那枚三螺指纹橡胶印章到处按，制造凶手来过的假象，让人们深信不疑有这三螺指纹的人就是凶手。你自编自演的这出害人杀人的戏剧，还真是天衣无缝。

“还有，你为了防止自己的真相被人识破，居然杀害了两个年轻无辜的助手，转移警方的搜查视线，简直丧心病狂！五个被害人中间，你在杀害川手妙子的手法上绞尽脑汁，没留下蛛丝马迹。

“你在床垫下制作暗箱，将这种床用调包手法搬入川手妙子的卧室。其实，那只是转移人的视线，凶手和被害人根本就没在床下的木箱里待过。那天夜里，你在走廊里值班，以侦探身份在房门口担当保镖。

“由于你披着侦探的外衣，不可能受到怀疑，从而轻而易举地潜入川手妙子的卧室，先将川手庄太郎麻醉，再用绳索把他捆起来，随后杀害了川手妙子，再把尸体搬到院子的垃圾箱里。

“从那时到拂晓，别墅里展开了大搜索。你表面上装作一起搜查，事实上你悄悄溜出别墅，化装成左眼蒙纱布的高个男子和你妹妹一起扮作环卫工人，拉着垃圾车混入院子把垃圾箱里的尸体运出别墅。

“在迷宫帐篷里，你事先把黑衣裳和蒙面套藏在某个地方，一人扮演了侦探与凶手两个角色。你的助手不知道这一情况，机智地抓获了黑衣凶手。但由于看见了你的真面目，而惨死在你的子弹下。

“在镜屋，你从门缝伸出枪口对准追赶你的警官和马戏团工作人员，趁他们不敢贸然上前时，你抓住这一机会迅速脱去黑衣裳，摇身一变，又成了原来的宗方博士，煞有介事地出现在他们面前。

“谁都没想到，你这个大侦探居然就是遭到追捕的那个杀人不眨眼的复仇狂。由于你披着受人尊敬的侦探外衣，因而能在大家面前堂而皇之地蒙混过去。”明智小五郎说到这里没再往下说，怒目圆睁地望着宗方博士。

没了眼镜的宗方博士，仿佛变成了发疯的猛兽。他站在包房角落，从口袋里掏出手枪，不偏不倚地瞄准明智小五郎的胸膛。

“明智君，我认输，但我不可能就这样轻易地成为阶下囚。实话告诉你，我要让你死在我的前头，带着你去阎王那里。听好了！我要将这发子弹送进你的胸膛，请放明白点儿。”

说完，复仇狂山本始用手指使劲儿扣动扳机。

顿时，大家屏住了呼吸。

奇怪的是，明智小五郎还站在原来的地方，不但没倒下，还满脸笑容。

“哈哈哈……你的枪出什么问题了？请再扣动扳机试试看！”

山本始焦急地又举枪瞄准，扣动扳机后还是咔嗒嗒直响。

“哈哈哈……别再浪费力气了！刚才，你枪膛里的子弹都被我取走了。瞧，都在这里。”

明智小五郎说着从口袋里取出几颗子弹放在手上，故意滚动子弹。

“哥哥，最后时刻到了！快，快那个，那个……”

房间里突然响起刺耳的尖叫声，只见被反绑的山本京子挣脱了两个便衣警官的手，朝哥哥山本始那里跑去。

“什么？最后时刻？京子！”

也不知大家是否明白什么意思，随着一声“呜”的女人呻吟声，只见山本京子摇摇晃晃地瘫软在地上。

哥哥山本始连呻吟声也没从喉咙里传出，就见他那高大的身躯扑向妹妹倒下了。兄妹俩一上一下地重叠在一起，再也没有动弹。

大家一时没有弄清到底是怎么回事，神色愕然地望着倒地的兄妹俩。

不一会儿，明智小五郎好像察觉到了什么，走到他俩身边蹲下，用手掰开他俩的嘴巴查看嘴里的情况，接着一边摇头一边站起来喃喃自语道：“哦，这对杀人恶魔连如何逃避法律制裁的办法也事先设计好了。他俩事先都在嘴里安装了金牙齿，在假牙里放上剧烈毒药，做好了随时自杀的准备。即便手脚被绑，只要用牙齿咬破假牙上的机关，吞入药粉就可结束生命。”

平时一直笑容可掬的大侦探，此刻脸上却浮现出未曾有过的怜悯表情。

おわり